小惡魔學妹
纏上了被女友劈腿的我
coquettish junior attaches herself to me!
3
U0026176
Kadokawa Fantastic Novels

「自我介紹一下吧。
我是禮奈。」
相坂禮奈
悠太的前女友。就讀悠太大學附近的女子大學，跟悠太是在那所學校的校慶上認識。

Situation 1
在校慶上認識的兩人。
羽瀨川悠太
「悠太，你看起來應該是一年級的吧。我也是，所以說話就別那麼客氣了。」
聽禮奈這樣講，我不禁睜圓了雙眼。
「為什麼？我也有可能是二年級的吧。」
「你是一年級的啦。看打扮就知道了啊。還有氛圍之類的。」
禮奈抱持著確信，輕聲笑了起來。
這讓我想回敬一句到底誰才比較失禮，但比起這個，有件更令我介意的事情，向她問道：
「……我有散發那種氛圍？」
「有啊有啊。一開始看到你的時候，我就很在意了。我想說你感覺也不太習慣來這種地方吧。」

「嗯哼哼，反正你也請我喝珍珠奶茶了，
一切都好說喔。」
志乃原真由
跟悠太就讀同一所大學，小他一屆的
學妹。個性天真爛漫，但也有著小惡
魔的一面，各方面都想讓悠太動心。
Situation 2
跟學妹逛街約會。

「怎樣？」

「沒啦，只是覺得這身春裝很適合妳。」

「謝啦，你也不錯呢。」

美濃彩華

跟悠太就讀同一所大學的同學，兩人從高中開始就是推心置腹的朋友。

Situation 3

跟女性朋友再度迎來春天。

「光是可以告訴悠太這件事，我就覺得非常開心了。」
禮奈又補了一句「真的喔」，並勾起微笑。
「所以，過去的事情就說到這邊吧。接下來要談的是我往後的事情。」
禮奈這麼說著，就將寶特瓶放到我旁邊。

接著她離開長椅，站到我的面前。
「欸，悠太。你討厭我嗎？」
我不禁睜大雙眼。
Situation 4
跟前女友的夜晚告白。

Short Story

試著問希望異性具備哪些特質

♥真由的情況……

「欸，妳希望異性具備哪些特質？」

「嗯～應該果然還是壓倒性的包容力吧。」

「原來如此啊。無論男女，感覺滿多人都會希望對方具備包容力呢。」

「還有，如果年紀比我大就好了。是學長的話更好喔！」

「是是是。」

「不要敷衍過去啊～～！」

♥禮奈（交往前）的情況……

「欸，妳希望異性具備哪些特質？」

「嗯～沒特別要求耶……硬要說的話，應該是跟對方合不合得來吧？」

「也就是說，任何人都有可能嗎？」

「不知道耶。我應該只會對有可能的人說這種話喔。」

「……這是什麼意思？」

「呵呵，任君想像嘍。」

♥彩華的情況……

「欸，妳希望異性具備哪些特質？」

「有錢、安穩、長相是我喜歡的型，還有就是——」

「夠了夠了！」

小惡魔學妹 3

纏上了被女友劈腿的我

My coquettish junior attaches herself to me!

御宮ゆう
插畫 えーる

Kadokawa Fantastic Novels

My coquettish junior attaches herself to me!

序章

「請跟我交往。」

當我這麼說完，她感覺有點困惑。

——唉，沒戲唱了吧。

會被甩掉。雖然我沒有多豐富的經驗，但不知為何產生了這樣的直覺。

她輕顫著長長的睫毛感覺有些尷尬，我只能一味地等待她接下來應該要說出口的話。

這一瞬間好像很短暫，又似乎很漫長，甚至讓人感覺到永恆。

除非是相當容易變心的人，不然一般來說，在人生中告白的機會也不過幾次而已吧。

只要慢慢累積經驗，習慣之後或許就能說得更機敏一點，但可惜的是我並不期盼那樣的機會。

如果現在這個瞬間，我能從眼前這個女生口中得到滿意的回答就夠了。

「……我可以跟你確認一件事嗎？」

她平靜地開口問道。

「什麼事？」

「我要是跟悠太你交往，可以得到幸福嗎？」

「這——」

——很難說吧。

我確實向她告白了。

但如果問起我是不是抱持著要帶給她幸福的覺悟去告白，那倒也不是。

「你為什麼會想跟我交往呢？」

「……因為我想得到幸福。」

脫口而出的，是老實過頭的回答。

應該還有其他更好的回答才是，如果是我，應該也有辦法掩飾這樣的真心話才是。

然而就結果來說，我之所以辦不到這件事，一定是因為她的眼睛讓我陷入覺得自己全被看透的錯覺之中。

她聽見我這樣的回答之後，輕聲地笑了。

「啊哈哈，這樣啊。」

她此時露出的滿面笑容，是我認識她到現在從沒見過的類型。

「嗯，好啊。我會讓你幸福的。」

她——相坂禮奈這麼說。

這就是我跟禮奈之間戀情的開端。

這是距今一年半前的事情了。

第1話 信賴

跟彩華去溫泉旅行之後過了兩個星期的這天，我躺在自己家裡的地毯上，好幾次都強忍下呵欠。

現在是午餐過後睡意正濃的時段。

換作平常，我早在覺得想睡的瞬間就撲床了，但現在基於某個理由讓我沒辦法這麼做。

理由很明確。

「欸。」

「什麼事？」

我這麼喚了一聲，小惡魔就在床上坐起身子。

沒錯，我的床完全被志乃原占據了。

我對於覺得這也不是一兩天的事，而漸漸習慣的自己感到有點害怕。

「我現在很想睡耶。」

聽我這麼說，志乃原小小打了一個呵欠，接著又躺回去了

「喂～～……」

硬要把她拖下來也是可以，但今天的志乃原穿得比平常還更輕便，肌膚露出來的部分很多。

這個學妹恐怕也知道我對於要不要去碰她感到遲疑吧。

志乃原的穿搭總是會讓我感受到季節遷移，這本身是一件很好的事情，但現在只會讓我覺得是一道阻礙。

「閃啦，白痴。」

「唔。學長講話也太難聽了。」

「妳以為是誰害的啊。」

我走近床邊，直接把志乃原躺著的枕頭拉掉。她的頭躺著的位置也因此跟著掉了一段落差，讓志乃原發出沒用的哀號。

「噗啊！」

「好了，該交換了。這次輪到我躺床，妳給我從床上下來。」

「不要～～」

我才想扯下毯子，志乃原卻緊抓著不放。

沉默的攻防持續了幾秒之後，志乃原突然抬起眼看著我說：

「那、那要一起睡嗎……？」

「少囉嗦，放手啦！」

「不要啦，再讓我躺一下——！」

勝利的女神對屋主露出微笑，志乃原跟著毯子一起被拖下床，安寧之地終於得到解放。

我沒有一絲迷惘地撲上床，立刻就趴了下來。

「學長真的很壞心眼～」

「隨便妳講……還有把毯子還來。」

我伸出手之後，一股溫暖的觸感傳了過來。

我用志乃原給我的毯子包住臉，這才總算得到了片刻的寧靜。

隔著毯子，我勉強能聽見志乃原發出的不滿。

「學長，我今天穿春裝耶。你的感想呢？」

「這讓我很難把妳從床上趕走，所以明天開始請穿冬裝。」

「我不是想聽到這種感想啦！」

「是是是。」

「那是什麼敷衍的回答啊！」

我的確因為那身白皙的肌膚不禁怦然心動，但並不打算連這種事都說出口。

仔細想想，我跟志乃原是在聖誕節那段期間認識的，今天還是第一次看到她穿春裝，會有這樣的反應也無可厚非。

至於我自己，現在還是穿著季節感不上不下的服裝。

「我的衣服是不是也該換季了啊～～」

「那我們一起去買東西吧！」

敗給這道精力充沛的聲音，當我視線往一旁看去，只見志乃原的表情都亮了起來。

這兩個星期以來，志乃原來我家好幾次了，但都還沒有兩人一起外出過，應該就是她會這麼說的起因吧。

「但那也很麻煩耶。」

「什麼～～！真是的～～！我想出門啦～～！」

志乃原在地毯上擺動著手腳抗議。

「妳是被關在籠子裡的動物喔。」

「太過分了！還不是因為～～學長完全都不出門啊！就算出門也只是去便利商店而已！真虧你有辦法活到現在耶！」

「沒有什麼計畫的日子就是這樣啊。」

春假剛開始的時候，我也為了應該要訂定一些計畫，或是覺得必須做些學生會做的事情而焦急。但可以像這樣好幾天都窩在家裡也不會被人責備，同樣是身為學生的特權。

更何況明年春假就要開始準備找工作了。

雖然應該不至於每天都要埋頭在找工作上面，即使如此也會為了交換情報而參加一些聚餐，窩在家裡的時間肯定會減少。

一想到這次就是可以悠哉度過的最後一次春假，我就覺得有段這麼悠哉的時間也不錯。

「不過呢，兩個星期確實是有點太久了。」

我這麼一說，就展開了行動。

當我用手指轉了轉鑰匙，志乃原就一手拿起薄大衣走向玄關作為回應。

「買東西、買東西！」

「妳是狗喔……」

「汪汪！」

「Stay。」

志乃原有尾巴的話，現在應該正在猛搖吧。要她原地等一下之後，我便揹起包包。

一走到外頭，迎接我們的是讓人感受到初春的溫暖陽光。

「哎呀～～學長，是戶外呢。」

「是戶外啊。」

在購物中心的屋頂，我們提著購物袋，單手拿著珍珠奶茶。

屋頂上設有露天咖啡廳，但在期間限定的菜單中也推出了珍珠奶茶。

多虧如此，來到屋頂的幾乎都是年輕人。

「好幸福啊～～」

「不要把待在家裡講得像是不幸一樣好嗎，那裡也算天堂吧。」

我們隨便找了一張長椅坐下。

隔著眼前的玻璃柵欄，讓我們能在屋頂上眺望整片風景。

即使只從八層樓高的屋頂看過去，沒想到還是能享受到漂亮的景色。

「你說什麼啊，是我讓那裡變成天堂的好嗎？」

「妳是想說『有我在的地方就是天堂』這種話嗎？」

「才不是。意思是多虧有我在做家事，學長家才能維持在那麼舒適的狀態。」

「非常感謝您平時的幫忙！」

「嗯哼哼，反正你也請我喝珍珠奶茶了，一切都好說喔。」

志乃原用手指比出一個圓圈，抵在臉頰上。

這個動作還加上一記媚眼，如果是其他男人，應該光是這樣就會迷上她了吧。

要不是有受過彩華的鍛鍊，我現在或許也成為一具死屍了。

「寶貝珍珠！」

志乃原隨著這一道呼聲，將比較粗的吸管插進裝著珍珠的杯子裡。

「什麼啊？」

「現在好像很流行一邊這麼說，一邊將吸管插進去。我也搞不太懂，但好像是從某間珍珠奶茶店擴散出來的喔。」

這麼說來，我的確也有在社群上看過這樣的標籤。

雖然不知道是不是有意帶起這股風潮，但既然都蔚為流行，可見是個高超的行銷手法。

一邊想著這種事，我不發一語地將比平常還粗了一點的珍珠專用吸管插進杯子裡，滑溜地吸了起來。

珍珠透過吸管一顆顆進到嘴哩，這與其說是在喝飲料，感覺還比較像在吃東西。

「這種珍珠類的啊，總覺得比起珍珠，還是飲料比較好喝耶。」

「哪有～～珍珠本身也滿不錯的啊。真是的～～學長這樣還沒吃過就先嫌棄的觀念很不好喔！」

「我剛剛吃過之後才這麼說耶。」

看向身旁，志乃原拿在手中的那杯飲料裡面，裝著的珍珠種類跟我的不一樣。

或許是注意到我的視線了，志乃原將原本正要送到嘴邊的珍珠奶茶朝我遞了過來。

「喝看看吧？」

「不，不用了。」

「咦，這個情況應該都會順勢交換吧？」

一般來說，我能理解當彼此點的東西種類不一樣時，確實是會順勢交換。

然而，我是屬於想一個人將自己點的東西喝到最後的那種人。

「只是剛好看到而已。」

「那我要喝學長那杯，所以請把你的借我喝一口吧。」

「不行。」

「為什麼啊！」

志乃原站了起來還跺腳，以此表達出不滿。

「又沒關係～～！我想喝我想喝啦！」

鼓起臉頰的志乃原可能是漸漸察覺光是這樣拜託我並不會跟她交換，於是重新坐回長椅，嘆了一口氣。

「學長。」

「嗯。」

志乃原拿起珍珠奶茶抵在臉頰上，吐出了舌頭。

「春假結束之後我每天都會跑去你家喔。」

「我知道了，跟妳交換飲料總行了吧。」

「這招竟然有效，總覺得也很屈辱……」

我不得已地跟垮下肩膀的志乃原交換了珍珠奶茶。

要不然到時候大學課程、同好會以及研討會的活動都開始之後，她還是每天都跑來我家的話，可就沒有自己的時間了。

跟志乃原相處的時間是很開心沒錯，但這又是另一回事了。

「嗯，好好吃！」

志乃原看著珍珠的雙眼都亮了起來。

我那杯珍珠的顏色比志乃原的還深一點。

我也用志乃原的吸管喝了一口，比剛才還更甜美的口味在嘴裡擴散開來。

「哦哦，這好好吃喔！」

雖然甜味比自己原本那杯還重，但很明顯這杯更符合我的喜好。

「不然那杯就給你喝吧？」

「咦？真的假的，這樣好嗎？我那杯喝掉比較多吧。」

剛才還那麼不甘願地交換，現在卻厚臉皮地這樣問，然而志乃原一點也不介意的樣子，只是輕笑著答道：

「這點小事沒關係啦。我覺得那杯應該比較合學長的胃口。」

「連這種事都被妳看透了啊……」

「不然學長以為平常都是誰在泡咖啡歐蕾給你喝的呢？」

志乃原感覺有些自豪地挺胸這麼說了之後，又補上一句：

「所以，我也知道學長這幾天都在想事情喔。」

「咦？」

「是從旅行回來之後，又過了一段時間開始的對吧。如何，我有說中嗎？」

「才沒這回事──」

「真的嗎？」

對於逼近過來並抬眼看著我的志乃原，我不禁撇開了臉。

──她說中了。

我滿腦子都是前幾天禮奈傳來的訊息。

『下星期想跟你單獨見個面。』

當我還在想要用什麼樣的內容回覆這個訊息，並一直拖延的時候，不知不覺間已過了兩個星期。

而且時間早就過了她想約的那週，禮奈也沒有再傳訊息給我，因此聊天室的畫面自此沒有更新的內容。依然停在那一天。

我到現在還在猶豫要怎麼回覆禮奈。

就算赴約去見禮奈，也不知道在那之後還有什麼事情正等著我。我無從判斷耗費勞力再去跟前女友見面，是不是能得到相應的結果。

但是，也已經過了兩個星期。既然現在是連去思考都想逃避的狀態，就算花再多時間，也不會改變判斷的本質了吧。

既然如此，向他人尋求意見應該就是唯一可以擺脫這個狀況的方法了。

可以的話，希望是不知道我跟禮奈之間關係的人。同時也是值得信賴的人。

忽然間，我腦中閃過之前她對我說過的一句話。

——看來我還是沒有被信賴啊。

禮奈打電話過來的那天，志乃原對我這麼說。

那時的我，回答她信賴與否跟有沒有說出口是兩回事。

在那之後又過了兩個月。

對我來說，志乃原這個人已經完全融入我的日常之中了。

「欸，學長。」

志乃原拉了拉我的袖子。

我稍微朝她傾過了身體。

就像水從傾斜的杯子中溢出來一樣，回過神來，我已經把話說出口了。

「前女友傳了ＬＩＮＥ過來。說想單獨跟我見個面。」

志乃原眨了眨眼。

我也對自己感到驚訝。

之前要向她提及禮奈的事情時我明明那麼遲疑，現在卻如此乾脆就說出來了。

「前女友。原來如此，學長也有前女友啊。」

志乃原點著頭這麼說。

不知道是不是錯覺，志乃原的嘴角看起來似乎有點上揚。

「那當然，也是有吧。」

都快升上大三，而且也已經超過二十歲了。

從周遭的朋友看來，從沒交過女朋友的人應該比較少。

「是哪一個前女友跟你聯絡的呢？」
「不要講得好像有好幾個！」
「原來如此，跟你聯絡的是最新版的前女友啊。」
「這樣講是沒錯，但有點語病吧……」
不過，比起格外認真的氣氛，這樣也比較好說出口。
而且彼此都單手拿著珍珠奶茶，也讓我覺得懷著輕鬆的心情說這件事比較好。
「學長，你是為什麼會分手來著？」
志乃原語氣輕鬆地這麼向我問道。
總覺得她雖然問得輕鬆，卻還是相當專注在我接下來會說出口的回答上。
「因為被劈腿了。」
我這麼回答之後，志乃原拿在手上的珍珠奶茶微微晃了一下。
「噢……」
志乃原的反應讓我搖了搖頭。
「妳可別因此就顧慮我的想法。」
「你放心，我完全沒在顧慮。」
「多少也顧慮一下吧！」

「到底要怎樣啊！」

我絕非想受人顧慮，只是被這麼果斷地否定讓我覺得不太能釋懷而已。

我冷哼了一聲之後，志乃原便露出苦笑。

「因為，我之前也是被劈腿嘛。我並非站在可以可憐學長的立場。」

「哦，這麼說來妳是元坂的告白還言猶在耳的時候就被劈腿了嘛。」

「學長你才是更該說得婉轉一點吧！」

「抱歉，我不小心就把事實說出來了。」

「咕唔……！」

志乃原陷入詞窮的樣子，抬眼看著我。

我為了拉回原本的話題，輕咳了兩聲之後繼續說下去：

「總之就是因為這樣，所以我在猶豫要不要跟前女友見面。」

「咦？竟然還有猶豫的餘地啊，真是意外。」

「會嗎？為什麼這麼想？」

志乃原吸了幾口珍珠。很合胃口的珍珠似乎讓志乃原的心情好轉了，當她再次抬起臉的時候已經露出了笑容。

「感覺學長面對這類的邀約都會冷淡地拒絕嘛。就像『要花時間在一段已經結束的關係上太浪費啦！』這種感覺。」

「我才沒有……這麼想啦。」

「啊哈哈，真好懂啊。看來你是真的很喜歡那個人呢。」

志乃原這句話輕輕掠過我跟她交往那一年的情感。

確實存在過的那段時間，對當時的我來說是無可取代的幸福。

「但是，因為劈腿而分手就代表那段時間全是白費了。」

「對對對，我就覺得如果是學長應該會這樣講！」

「但你心裡還留有想跟她見面的心情吧？讓我意外的就是這點啊。」

志乃原咯咯笑著，並離開長椅站起身來。

「這……」

大家都說情侶分手的理由有千百種——但我不這麼想，反倒覺得基本上都是一樣。

為了對方著想。

價值觀的差異。

雖然有很多似是而非的老套說詞，但追根究柢，幾乎都是因為其中一方的感情淡了。

如果分手這件事只是出自當事人雙方的想法，那至今的情侶關係還能說是有其意義。

因為自己做出的選擇而導致的結果，可以化為未來在面臨選擇時的經驗基礎，並幫助得出自己可以接受的結論。

——所以我才會覺得羨慕。

因為劈腿而分手的情侶之間，並不存在任何選項。

當然還是會有其中一方提出分手的這個過程，但在這當中並不包含任何個人想法。

無法反抗基於外部因素而產生紊亂的齒輪，才會像是程式化的機械一樣引導出決定分手的選項。

在這當中，應該有人會先冷靜下來，經過各種揣測之後再做出決定。

但也有像我這樣完全無法冷靜，就提出分手的人。

沒有什麼比被劈腿還要空虛的分手理由了。

留下來的只有質疑那段時間究竟算什麼的後悔而已。

有時也會不小心在社群上看到對方的照片，但腦中浮現的卻只有被劈腿這個回憶。

所以，如果……

「我不禁會想，如果那不是劈腿就好了。」

「……怎麼說？」

「應該是不想讓那段時間白費掉吧。」

如果她跟其他男人牽著手的畫面，並不代表劈腿就好了。

「哦——看來你真的很喜歡那個人呢。」

志乃原再次這麼低喃。初春的風吹動她的瀏海，遮掩了她的表情。

「……不然也不會交往了。」

正因為如此，才更難以忍受。

我不想再更加深入去探究她跟其他男人牽手的那個畫面了。我很害怕因為揭發了真相，而讓自己更受傷。

或許喜歡上一個人是一件很珍貴的事情，但與此同時也會讓自己變得膽小。

回想起來，當時的我不禁就選擇了逃避。

「簡單來說，就算無法改變已經分手的事實，至少想讓自己下定決心去面對吧。」

「嗯，大概就是這種感覺……妳真厲害啊。」

「我最近也是一直都跟學長在一起喔。」

志乃原露出有些賭氣的表情。

在那之後，她從屋頂俯瞰城市的景色，接著說：

「所以，那個……你願意跟我說這些，讓我覺得很高興。」

「……高興什麼？」

「你、你也太壞心眼了！明明就知道！」

志乃原想跟平常一樣猛力地揮舞起雙手，但這才回想起自己手上正拿著珍珠奶茶，在做出動作的前一刻靜止了下來。

看著所剩無幾的珍珠，志乃原一邊吸著一邊說：

「信賴與否跟會不會說些深入的事情是兩回事。現在，我大致上可以理解之前學長對我說過的這番話了。」

她立刻就察覺我在說的是聚餐那天晚上的事情。

這也是我剛才正好在想的事。

「但果然還是……那個吧。可以直接感受到對自己的信賴，還是讓人很開心。」

志乃原這麼一說，就露出柔和的滿面笑容。

面對這樣難得一見的表情，我不禁語塞。那樣柔和的笑容，好像刺激著我記憶中的某個角落。

當我在回想那究竟是關於什麼的記憶時，志乃原撇開了頭。

「……雖然想這麼說，但總覺得很難為情，所以還是別跟學長講好了。」

「不是，我剛才全都聽到了耶。」

聽見有點說不過去的這句話，害我忍不住吐嘈。

面對這樣的我，志乃原露出了鼓起雙頰的表情。

「這是人家掩飾害羞的玩笑話嘛！」

「想也知道，所以拜託妳連這點一起掩飾一下好嗎！為什麼什麼話都要說出口啊！」

無論任何事情，要對他人傾訴自己內心的想法都需要勇氣。

正因如此，我也跟這個學妹一樣，確實對於自己受到信賴而開心。

要是我也能像志乃原這樣坦率面對自己內心的想法並化作言語的話，是不是就不會在那種情況下分手了？結果是不是也會多少有些改變呢？

如果，她其實沒有劈腿……

——如果真是如此，那當然是再好不過。

如果那段時間，如果那貴重的一年……

若是有可能可以讓我轉念，並認為那段時間是有意義的話，就答應禮奈的邀約吧。

當我默默地下定決心時，志乃原像是突然想到一般開口說：

「但是學長，在跟前女友見面之前，你應該有件該做的事吧。」

「咦？」

見我不知道她想說什麼而歪過頭，志乃原就逼近了過來。

「學長的肚子應該有點危險了喔。」

志乃原這麼說著就捏了一下我的肚子，並揚起嘴角。

「我就知道。要好好運動喔！健康是最重要的。」

「呃。」

從那趟溫泉旅行之後，我只是沒運動，肌肉就掉了很多。

不知不覺間就連健康也都在志乃原的管控之下，讓我感到不寒而慄，但總之我得去一趟籃球同好會才行了。

◇◆

在籃球同好會「start」的活動場所，也就是體育館當中，人看起來比平常還少。

有在春假期間更加活躍的同好會，就有顯得相對閒散的同好會。

很可惜的，「start」似乎屬於後者。

「哦，你來啦。」

這麼招呼我的是帥哥藤堂。發現我來之後，他便露出爽朗的笑容，朝我跑了過來。

看樣子他好像已經熱身完畢，額頭上都已經沁出汗水了。

「咦，那個女生呢？」

藤堂感覺很故意地朝著入口方向看了過去，並對我這麼問道。

他八成是指志乃原吧。

「現在正在換衣服。」

「真不愧是你，知之甚詳呢。」

「就說了才不是那樣。」

志乃原一跟著我來就說「我來擔任經理～～」，便進到更衣室去了。

畢竟帶她來過好幾次，看樣子已經完全習慣了。

「今天人真少啊。」

我環視著四周這麼說，藤堂將球投入籃框之後說：

「春假也快結束了，應該有很多人去旅行吧。」

「也有可能跟我一樣窩在家裡耍廢就是了。」

「很難說吧。不過現在大家感情都很好，這才是最重要的。」

聽藤堂這樣說，我也回上一句「是啊」。

今天拿著球的手感還不錯。想說可能是狀態滿好的，就試著投了一記射籃，於是伴隨著「唰」的一道爽快聲音吸引進網。

「哦哦，好球……是說啊，我才想說你又不回我ＬＩＮＥ了，難道是那個嗎？你還在冬眠喔？」

藤堂帶著輕笑這麼問我。面對這個問題，我只能雙手合十道歉。

「真的很抱歉。」

我從以前開始就會在放長假的時候，突然變得沒有回覆ＬＩＮＥ的訊息。

之所以懶得回覆並沒有什麼特別的理由。不過，只是有時覺得麻煩而已。

有時候會突然產生想斷開與外界聯繫一段時間的心情，並讓身心都好好休息一下。

藤堂會容許我這番只顧著自己的行徑，這樣的距離感也讓我相當舒坦。

「哈哈！一開始我也有想過『這傢伙是怎樣！』，但早就習慣了，你別介意。」

聽藤堂這樣說，我便嘆了一口氣。

「我應該不適合任何社群軟體吧。」

「說是這樣說，但你偶爾還是有在更新限時動態吧。」

「對啊，偶～～爾就是會想更新一下。這種現象到底是怎麼回事啊。」

而且一旦更新了，就得一次將累積起來未讀的ＬＩＮＥ都消化掉才行。

這是為了迴避「都更新限時動態了也回覆一下啊！」這樣的怒氣所採取的對策。

不過，恐怕沒什麼效果就是了。

「會不會是跟外界隔絕太久所產生像是過敏反應的狀況啊？不過，你跟彩華同學去旅行時都沒有更新任何動態，很了不起喔。」

藤堂這番話害我沒接到從籃框反彈回來的球。

雖然手指竄過一陣疼痛，但現在顧不了這種事了。

「咦？你為什麼會知道？」

一瞬間想說會不會是彩華有貼文說到跟我去旅遊的事情，但應該不是吧。

看到藤堂聳了聳肩笑起來的樣子，我這才察覺。

「可惡，你竟然挖陷阱給我跳。」

「我不會跟別人說的，放心吧。何況發現的人應該只有我而已。」

藤堂這麼說著，就朝擺放個人物品的地方走去。

我也把球扔到角落並跟上前去之後，他就給我看了智慧型手機的畫面。

那是彩華的貼文。

『Ayaka：好久沒穿浴衣，心情都High了起來。玩得好開心啊～～』

照片上只有一件摺好的女性浴衣而已。

貼文內容既沒有暴露是在溫泉旅館，也看不出任何跟男人有關的蛛絲馬跡。

「你看這邊。」

「嗯？」

我朝著他手指的地方一看，只見有個小小的鑰匙圈就掉在浴衣袖子的地方。

那是掛有我家鑰匙的雪豹鑰匙圈。

應該是不小心混進去的吧。

「這是你的吧。」

「呃，真的耶。」

這的確可能只有藤堂才會發現。

既有追蹤彩華的社群，又記得我的鑰匙掛在怎樣的鑰匙圈上的人，也只有藤堂而已。

「我不是那種最喜歡八卦的大嘴男，真是太好了呢。」

「真的，根本是不幸中的大幸。你應該沒跟任何人說吧？」

「那是當然。要是說出去可就浪費了。」

「咦？這是什麼意思？」

我愣愣地這麼一問，藤堂就一邊搔著那頭暗灰色頭髮並開口說：
「難得發現一個可以跟你蹭飯的藉口，當然會想好好運用吧。」
藤堂惡作劇般地笑了笑，就踏響了球鞋。
「那我回去練射籃啦。」
「你真的很陰險耶——呃，好痛……」
一陣疼痛的感覺從手指竄上來，這讓我不禁皺起了眉間。
低頭一看，手指已經有點腫起來了。
應該是剛才漏接球時弄傷的吧。
「……糟了，那是我害的嗎？」
「……蹭飯可以就此打平嗎？」
對於我的提議，藤堂勉為其難地點了點頭。
看樣子手指雖然受傷了，但也相對保住了我的錢包。雖然我並不樂見這種發展就是了。
「你去休息室吧。那裡有急救箱。」
「藤堂，你不來喔。我不知道放在哪裡耶。」
當我這樣拜託造成受傷主因的藤堂陪我一起去的時候，卻被他說著「蹭飯都讓你打平了，這也不算數」給拒絕。

被人四處散播跟彩華去旅行的事情會帶來的麻煩，跟受傷的手指放上天秤相比，我確實覺得手指的痛楚輕微得多，便心不甘情不願地自己走向休息室。

不是情侶的異性兩人單獨去旅行這種事，傳出去還是不太體面。

我們之間的關係是建立於至今累積起來的情誼，我自己也明白這看在不知情的他人眼中，只會扭曲這樣的關係而已。

我已經不想再被那些無聊圍觀的人耍得團團轉了。

「打擾了——」

當我走進休息室時，有幾個女生回頭看了過來。

這明明是任何人都能進去的地方，不知為何這裡此時沒有其他男生在。

就像在搭電車時，誤入了女性專用車廂時的那種尷尬氣氛朝我襲擊而來，讓我只想盡快離開這裡，而四處張望急救箱究竟放在哪裡。

這時，傳來一聲「咦，學長！」，我在那裡看見身穿紅色運動服的志乃原跳了起來。

她晃著綁在後面的一束馬尾朝我跑來，並引導我到休息室外面。

「你等不及了嗎？」

「咦？等不及什麼？」

「咦，我啊。」

一時之間我真的不知道她在說什麼，最後終於會意過來她是跟平常一樣在鬧我。

「我等不及了——」

「謝謝你平淡呆板到反而讓人覺得痛快的回應喔！所以說，其實是怎麼了嗎？」

志乃原歪過頭這麼向我問道。

「手指受傷了。」

「咦，也太快了吧？你進到體育館也才過了十分鐘左右吧。」

「受傷這種事情就是會突然降臨。」

「為什麼要一臉得意的樣子啊……那麼學長，來這邊吧。」

志乃原這麼一說，就拉過我的手。

當然是沒有受傷的那隻手，不過這牽手的動作實在太過自然，不禁讓我嚇了一跳。

「這是什麼帥哥般的舉動。」

「你也可以因此小鹿亂撞喔！」

「我受傷的手指很痛。」

「竟、竟然輸給受傷的手指……好吧，算了。那請你在這邊坐一下。」

在自動販賣機前的長椅坐下之後，志乃原朝著休息室的方向跑了回去。

接著很快就回來的志乃原手中抱著急救箱。

我會去休息室的目的就是為了拿急救箱，所以真的很感謝她。

「謝啦。真虧妳知道急救箱放在哪裡耶。」

當我這麼說著，打算打開急救箱的蓋子時，被志乃原阻止了。

「你在做什麼啊，學長請你不要亂動。」

「咦？」

「不過是貼紮，我也辦得到好嗎？」

這麼說著，志乃原就從急救箱裡拿出貼布，並在我跟前屈膝跪下。

才感受到她的手指溫柔地觸碰著我的手，她便靈巧地替我纏上貼布。

「我還真沒想到會在進到體育館之前就先幫人治療。」

「呃，喔。抱歉。」

……這麼說來，志乃原以前也是籃球社的。

她優秀的貼紮技術讓我回想起這件事情。

志乃原對我的好感，可以透過這樣的行動感覺出端倪。但我至今仍然不知道志乃原對我的好感究竟屬於哪一種。我也覺得沒必要去明確弄清這件事情。

無論是身為學長、朋友，還是以異性的身分來說，好感這種東西有各式各樣的形態，不過一開始相遇的時候，她應該是喜歡我這個學長吧。

要是這點漸漸產生改變，那我跟志乃原現在這樣的關係是不是也會跟著改變呢？

「好了，完成！」

她朝我的手背拍了一下，讓我抽回了思緒。

「謝謝妳耶。」

「不客氣不客氣。那等一下要怎麼辦呢？」

志乃原還跪在地上，並抬起眼向我問道。

換作是平常的我，在同好會活動開始之前就弄傷手指的話，大概會立刻回家吧。

「反正妳都幫我貼紮好了。」

這麼說著，我便站了起來。

「對啊，請再讓我見識一下學長的球技吧！」

「所以說妳不要提高難度嘛。」

見志乃原一臉笑得很開心的樣子，我也跟著勾起嘴角回應。

我很喜歡打籃球的時間。

這讓我覺得那些在不知不覺間堆積心底的鬱悶跟憤恨，全都會伴隨噴出的汗水發洩出來。

「乾脆再來打場超級好球好了。」

「請別再演變成要受到貼布招呼的事態喔。」

「我盡量～～」

聽著志乃原的輕笑聲從背後傳來，我再次回到體育館內。

飄散四周的止滑蠟氣味，也稍微讓我的心情高昂了起來。

第2話　春假也快結束了

漫長的春假也快結束了。

雖然各校多少有點差異，但大學的春假一般來說都會有兩個月左右。

從四月開始，我就是大三的學生了。

明年春假就要準備找工作。

接下來——就是準備出社會的期間。

可以無憂無慮盡情玩耍的春假也在此結束了。

『說什麼無憂無慮，你啊……』

電話的另一頭，彩華用傻眼的語氣這麼說。

『多少思慮一下好嗎？我覺得要立刻投入精神去處理各種事情，也是滿痛苦的喔。』

「要是我說只要周遭的人有所改變，我也會跟著改變的話呢？」

『為了挫挫你那毫無根據的自信，我會把你塞去寺廟自省。』

「那算什麼更生方式啊！」

話雖如此，彩華說的是相當正經的意見。

在跨越二十歲的當下——不，在更早之前，真的就該想好了。

想在哪裡工作，以及——未來自己想做的事情。

這種事在我腦中是很明白。

「好想當小白臉。」

我很明白。雖然明白，但腦中給出的答案卻是這個。我都想稱讚自己，這就某方面來說應該有點出真理吧。

彩華嘆了一口氣的反應透過電話傳了過來。

『小白臉啊。應該不錯吧。』

「妳真的這麼想嗎？」

『當然啊。但我不覺得你能成為小白臉就是了。』

彩華的回答稍微挑起了我的反抗心。

我也不是真的想成為小白臉，但就趁這個機會聽她說說覺得我辦不到的理由好了。

「怎麼說？」

『原因有很多啊，我可以說出來嗎？』

「我看還是算了，拜託妳不要講。」

『臉。』

「我不是叫妳不要講嗎！」

我倒向床上一邊哀嘆道。我一點也不想知道這種現實。

對於我這樣的反應，彩華只是笑著說「騙你的啦，騙你的」。

『開個玩笑嘛。之前我也有說過，我還滿喜歡你的長相喔。雖然不是我喜歡的類型。』

「喔，還真謝謝妳喔……」

她說的之前，是指去年聖誕節那段期間的事吧。

印象中好像還是認識志乃原的那一天她這麼說。

但我不知道彩華是不是真心這麼想的就是。

一邊對著電話的擴音器做出回應，為了弄杯裝炒麵來吃，我在燒水壺裡加了水。

『這是在燒熱水的聲音嗎？』

「答對了～～正是獨居的可悲飲食生活。」

『你一直吃這種東西，總有一天會搞壞身體喔。』

彩華也在電話的另一頭點燃瓦斯爐的樣子，傳來劈劈啪啪的聲音。

「這麼說來，我幾乎沒有吃過妳做的料理耶。」

『忘記是什麼時候了，但我有分便當菜給你吃過吧。』

「所以我才說是幾乎啊。妳又沒在家裡煮給我吃過。」

『什麼嘛，前陣子還不是你自己說不需要的。』

……這麼說來，考試結束那天，是我自己在電話中拒絕了感覺好像要來幫我做家事的彩華。

但那也是因為我覺得讓彩華跟志乃原碰面不太好。

不過今天志乃原也沒有要來我家。

『不過，我今天有約就是了。』

「竟然有約喔！」

『讓你心生期待了呢。抱歉抱歉。』

「我才沒有期待。」

我一噘起嘴，彩華就大笑起來。

那個時間點就像隔著電話也能看見我的表情一樣。

當我將煮沸的熱水倒入杯中時，彩華又向我問道：

『你啊，到畢業之前還差幾個學分？』

「應該不到四十吧。」

上學期安排得當的話，下學期就算鬆散一點，學分也能達到畢業門檻。

多虧了彩華，我這樣的步調還算不錯。

『我大概還剩二十左右呢。』

「哦，那上學期就能把學分修完了吧。」

『對啊。不過，就算修完畢業門檻我也會去上課就是了。』

聽了這句話，我悄悄感到放心。

同一個年級，同樣的科系。

基本上我們到現在都是一起上課，因此很難想像沒有彩華的大學生活。

說是大學生活，也跟高中的狀況不同，平日每天都會從一早上課到傍晚的人才是少數。

只要像彩華這樣提早修完畢業門檻所需的學分，也是有不少學生就會幾乎不再來大學上課。

給予學生自由的選擇權正是大學的優點，但因此會減少跟朋友見面的頻率，也讓人覺得有點寂寞。

而那如果是像我跟彩華之間這樣的關係，感受又更深了。

『欸。』

「嗯？」

『你覺得放心了嗎？』

「…………有點。」

『啊哈哈，有夠好懂！』

「吵死了。」

話雖如此，儘管覺得不甘心，但彩華說對了。

從高中到現在，她對我來說一直都是很重要的人。

跟這樣的彩華一起度過的學生生活還剩兩年。扣掉找工作的期間，甚至能說不到兩年。

就職之後，恐怕也會跟彩華別離了吧。

從同一所高中升上同一所大學這種事並不罕見。

但就連工作的地方也要互相配合就太不切實際，而且以彩華的個性來說，她也不會這麼做。

就算是我跟彩華之間這樣的關係，也總有一天會迎來終結。

『我之前好像也有講過。』

「講過什麼？」

『就算變成大人，也請你多指教嘍。』

我覺得自己好像知道現在的彩華是什麼樣的表情。

「也是呢。就算妳要抱怨工作上的事我也會聽喔。」

『要抱怨給你聽的事情啊～～應該沒有吧～～』

「喂喂喂，我可是聽妳抱怨的專家喔。因為我知道只要像會津紅牛（註：搖頭晃腦的福島會津地區鄉土玩具）一樣一直點頭，妳就會自己覺得很滿足了。」

『你平常都是這樣在聽我抱怨的嗎！』

彩華感覺難以置信地大喊道。

為了發洩在打工時累積的壓力的那種抱怨，我總是用這樣的心態去聽她講。對彩華來說，那一類的抱怨也是只要說出來就會暢快，幾分鐘後心情就會平復下來了，所以從來沒有被她發現。

我也覺得不過是打工時的抱怨，要是太認真去聽，她應該會很難說出口吧。

我都這麼告訴自己，雖無法否定有時候真的是左耳進右耳出就是了。

『你對待我的態度真的很隨便耶～～』

「彼此彼此吧。這麼輕鬆也好啊。」

『也是啦～～』

彩華坦率地表示肯定。我記得在溫泉旅行的時候，我們也說過一樣的對話。

互相都能放鬆的地方，對彼此來說都相當珍貴。

『那我要去吃飯了。』

「喔，去吧。我也要吃泡麵了。」

剛好是麵開始慢慢軟爛的時候。

我拿起放在蓋子上的筷子，並為了掛掉電話而將智慧型手機拿到手中時——

『啊，對了。我忘記問你一件事。』

「嗯？」

『你的春假過得如何啊？』

當漫長的春假即將結束的時候，提出的這個問題。

這個春假經歷了許多事情。

除了聚餐、派對，以及旅行之外，也有各式各樣的體驗。

還有很多空閒的時間，或許以後也會為了「要是可以把當時那段無所事事的時間拿來用就好了」而後悔。

但是，唯有這點我很肯定。

「嗯，超開心的。」

『啊哈哈，我也是。那就大學見啦！』

說完這句話，彩華就掛掉電話了。

「是在確認什麼啊。」

我有自覺自己這麼喃喃的嘴角有些上揚。
真期待明天就要重啟的大學生活。

第3話 那一天

大學一年級的秋天。

我跟包含藤堂在內的幾個「start」同好會成員，一起去參加女子大學的校慶。

在我就讀的大學附近，有一所知名的女子大學。

女子大學舉辦的校慶，氣氛顯得跟男女合校的感覺不太一樣。

無論是攤位的工作人員還是同好會的表演，全都是由女大學生負責。再加上女大學生特有的那種華美奪目的氛圍，至少不是男學生隨時都能體驗到的空間。

更何況在男學生之間，那場校慶也是很出名的邂逅場合。

放眼望去到處都是高格調的女大學生，穿著各式各樣的服裝待客。在沒有女朋友的男學生看來，正宛如花園吧。

邀請我來參加這場校慶的人，是當時剛交到女朋友的藤堂。他那個女朋友好像就是這所女子大學的學生。

當時我並沒有想交女朋友到還要跑去參加校慶的程度，對於藤堂的邀約，我也是打從一開始就消極以對，最後是在聽說這件事的其他同好會成員強迫之下才來參加。

但是，真的打從心底討厭的話，也能拒絕才是。

之所以心不甘情不願地參加校慶，大部分的原因都是基於藤堂的女朋友就讀這所女子大學的關係。

任何人都會對於朋友的女朋友是個怎樣的人感興趣吧。

「我女朋友一直吵著要我來參加校慶啊。但我一個人又不太敢踏進來。」

藤堂帶著笑意這麼說。雖然露出感到很抱歉的表情，但我確實可以從他的語氣之中感受到幸福的心情。

一邊想著我才不要繼續聽他放閃，我接著開口說：

「但這麼多人一起行動也很麻煩耶。也不知道能不能見到面。」

我張望四周，只見攤位的店員們都在用開朗的尖聲招呼客人。

而且在我們兩個身後，「start」的成員們都感覺很開心地在聊天。情緒大概跟在主題樂園排隊時差不多。

藤堂說著「別這麼說嘛，我也沒想到會有這麼多人一起跟來啊」，他這次確實是一臉很抱歉的樣子小聲解釋道。

一起排隊的同好會成員們大家都開開心心地環顧四周，感覺絲毫沒有察覺我們的對話。

「吃完雞蛋糕就各自行動吧。」

我這麼一說，藤堂也點了點頭。

「也是，大家應該也只有一開始的攤位會一起行動吧。只要說一聲，接下來大家就會自動各自行動了。」

我們大家在排的雞蛋糕攤位的隊伍前進得很緩慢，這讓我有點累地伸展著身體。

這時一位攤位的店員在整隊排了很長的人龍，經過我們身邊。一道濃淡恰當的香水味竄入了我的鼻腔。

藤堂似乎也感受到一樣的事情，只見他用很快活的語氣說：

「女子大學好棒啊～光是工作人員走過去都有這麼好聞的味道。」

「你這種話要是被女朋友聽到應該不太妙吧。」

「在女朋友面前這樣講，那當然是不太妙。但悠並不是我的女朋友吧。所以沒差啦。」

只要沒被對方聽到，就等同於沒說過這樣的話。

藤堂的說詞是我至今從來沒有想過的邏輯，但如果有著像他這樣可以切分開來思考的想法，說不定意外地可以讓一段感情維持很久，總讓我覺得信服。

我正想給他一點回應的時候，身後的學長就先對他搭話道：

「藤堂，你女朋友是在哪個攤位啊？」

面對學長的提問，藤堂表示：「我也不知道耶，她的攤位應該也是在賣雞蛋糕，但好像不是這一攤。」

雞蛋糕是校慶上一定會有的小點心，因此想必會有很多攤位都是在賣這個，但他似乎沒有連攤位的名稱都問個仔細。

當學長們開始喧嚷地鬧起藤堂思慮不周的地方，不知不覺間跟排在前面的人拉開了一段距離。大家聊得太開心，不小心就忘記前進的樣子。

總覺得唯有自己站在第三者的角度看著眼前的光景是一種不幸，明知在該前進的時候沒有動作，卻還是加入藤堂跟學長之間的對話。

當我腦中浮現自己究竟在這個地方做什麼的想法時，一道明快的聲音朝我們喚道。

「同學們，不好意思。」

回過頭，只見站在眼前的是一個將頭髮染成暗灰色的女大學生。

那天雖然看過好幾個可愛的店員，但我覺得她在那些人當中也是格外突出。

在我身後的同好會成員們，也都深感興趣地看著那個女生。她就像體現了以高格調聞名的「女大學生」這個品牌一般，鮮眉亮眼的身影讓大家都心跳加速。

「前面的隊伍已經前進了，可以請你們稍微……」

在女大學生說完之前，學長們就說著「不好意思！」向她道歉，並連忙向前填補上隊伍空出來的距離。原本就不是故意不往前進，會照她的指示去做也理所當然。即使如此，大家會立刻照做肯定不是因為覺得自己不對，而是因為她漂亮的外貌。

見學長們坦率地照著指示去做，女大學生在道謝之後就打算離開。

這時，有一位愛玩的學長果不其然地叫住她。

「那個，在校慶結束之後妳們會去慶功之類的嗎？不介意的話啊——」

看著那個女大學生聽到這個問題之後，露出一副有點高興的表情猶疑著的身影，我便離開了排隊隊伍。

在女子大學的校慶上總是會出現搭訕的場面，但我並不習慣這樣的狀況。

「我去一下別的地方。」

留下這句話，那個被搭訕的女生就朝我這邊看了過來。她的眼睛像會看透人心一般，感覺很不可思議。

對於我離開排隊隊伍這件事，學長們也用不怎麼感興趣的語氣做出回應，便再次對那個女大學生展開邀約。

在那當中有幾個儘管屬於同一個同好會，但平常也沒什麼牽扯的人。畢竟是一星期只有兩次這種頻率的活動，參加機率不高的話，我倒覺得就算同好會裡有一半的人都不認識，也是理所當然。不過，這對藤堂或彩華這種擅長與人交際的人來說沒差就是了。

結果，我也不知道要去哪個攤位逛才好，就這麼閒晃了十五分鐘左右，藤堂便追了過來。

「見到你女朋友了嗎？」

我帶著諷刺這麼一問，藤堂搖了搖頭表示否定。

「沒有，她現在好像騰不出時間，我們約了晚一點再見面。是說你啊，自己一個人跑掉卻也沒做什麼事嘛。」

的確沒做什麼事。我就只是四處走走而已，所以藤堂這麼說也沒錯。

「要搭訕女生，感覺就很丟臉啊……當然我的意思不是在說學長們丟臉。」

為了圓滑處世，我這麼辯解之後，藤堂倒是揚起嘴角。

「哎，我也能明白。一想到要是被女朋友看到自己跟那樣的學長一起排隊，我就覺得提不起勁。」

「你沒差吧，只是在旁邊看而已啊。」

「不一定喔。那傢伙有點容易吃醋。」

「誰管你啊。」

「呃，照剛才的對話來看，這樣說很正常吧。」

我一噴笑出來，藤堂也跟著笑了。

剛才感受到那種些微的孤獨感，也伴隨著笑煙消雲散。笑了一陣子之後，我隨口向藤堂問道：

「所以說，你為什麼要追過來啊？已經各自活動了嗎？」

我還以為會以剛才那個女大學生為契機，甚至辦上一場聯誼。

正因為如此，藤堂接下來說的話才更讓我意外。

「不是不是，剛才那個女生啊，說要是悠可以再去一次她們攤位，她會很開心耶。」

「真的假的，倒追嗎？」

我驚訝地這麼反問之後，藤堂攤了手否定我說的話。

「我覺得不太可能被那種等級的女生倒追就是了。依我的預測，應該只是她剛好有空檔，才會叫你過去而已。」

面對藤堂冷靜的回應，我輕聲笑了。

「也是～～」

即使如此，我多少還是覺得情緒高昂了起來。說到剛才的女生，就是有著體現了「女大學生」這個品牌一般容貌的那個人吧。

身為一個男人，對於能跟那樣的女生聊天，要說沒有任何感覺才是騙人的。

儘管一想到學長們也還留在那個地方就覺得心情有點萎靡，但就算扣除這點，我還是覺得開心。於是我決定朝著剛才那個雞蛋糕的攤位走去。

「那我這就去跟學長他們會合。」

「喔。如果有好事發生就好了呢。」

「你也快去跟女朋友會合吧。」

「放心吧。」

藤堂這麼說完，就朝著跟我要前往的地方相反的方向而去。目送了他，我也往剛才那個攤位走去。

看著擦身而過的女大學生穿著各式各樣的服裝，我不禁想著，這麼說來，剛才那個人是做什麼樣的打扮啊？

當我抵達攤位時，只見在那裡的客人稀稀疏疏地，排隊的隊伍也縮短了許多。在我離開之後也沒有過多久，或許剛才正好是最後的尖峰時段。

在那當中，有幾個人聚在一起成了一個小團體。

是「start」的學長們，以及那個女大學生。一手拿著裝了雞蛋糕的紙杯，雙方看起來都閒聊得很開心。

其中一個學長看到我之後，就朝我揮了揮手。

「悠太，交棒給你嘍。」

「咦？」

我發出困惑的聲音之後，學長們就輕輕拍了拍我的背離開現場。看起來好像是覺得有點可惜的樣子，但他們馬上又開始排起其他攤位的隊伍了。

「你好啊。」

飄逸著一頭暗灰色髮絲的女大學生這麼向我招呼道。她的髮色跟藤堂比起來又更暗沉了一些。儘管如此，我之所以還是不禁覺得她明豔動人，是受到女子大學這個地方的影響嗎？畢竟是被她找來的，這也讓我的聲音顯得有些生硬。

「啊，妳好。」

我自己也覺得這真是一點也不機靈的回應。為了挽回這個局面，我連忙單手揮了揮。

「剛才先跑走了，真是抱歉。妳等一下要跟他們一起玩嗎？」

我有點在意學長們的搭訕有沒有成功，於是試著問了一下，沒想到那個女生露出苦笑並搖了搖頭。

「我不太喜歡被搭訕。」

「是喔，真是意外。」

「我、我看起來像是那樣的人嗎？這讓我覺得有點打擊。」

當我不禁說出率直的感想，女大學生垂下眉毛地笑了。於是我連忙修正這番說詞。

「抱歉，我不是那個意思。只是妳看起來好像也滿開心的。」

「啊哈哈，你這兩句話意思是一樣的吧。完全沒有圓場喔。」

聽她這麼說，讓我覺得自己搞砸了一般趕緊摀住嘴巴，但我馬上就發現那個一頭暗灰色頭髮的女大學生正在笑。

女大學生說著是在開玩笑，就搔了搔臉頰。

「自我介紹一下吧。我是禮奈。」

「禮奈啊。我叫悠太。」

因為她用自己的名字自我介紹，我也效仿了這個做法。

而且基本上在同好會彼此也都是用名字互稱，因此關於這點我並不會感到抗拒。

自從進到大學就讀之後，我就幾乎沒有再被用姓氏稱呼過了。

「悠太，你看起來應該是一年級的吧。我也是，所以說話就別那麼客氣了。」

聽禮奈這樣講，我不禁睜圓了雙眼。

「為什麼？我也有可能是二年級的吧。」

「你是一年級的啦。看打扮就知道了啊。還有氛圍之類的。」

禮奈抱持著確信，輕聲笑了起來。

這讓我想回敬一句到底誰才比較失禮，但比起這個，有件更令我介意的事情，向她問道：

「……我有散發那種氛圍？」

「有啊有啊。一開始看到你的時候，我就很在意了。我想說你感覺也不太習慣來這種地方吧。」

「正在被人搭訕時還想這些，妳還真機靈啊。」

「啊哈哈，一點也不覺得是在稱讚我呢。」

「這確實不是稱讚啊。」

禮奈身穿的服裝，確實就連看在對衣服完全不感興趣的我眼中，都知道搭配得很時尚。

儘管是為了校慶而穿的有點高調的服裝，甚至還讓人覺得優雅。這令我十分驚訝。

如果是一般學生，想必會給人一種輕浮的印象吧。

正因為如此，也讓我很在意被這樣的女生叫過來的理由。

就像藤堂所說，雖然很遺憾，但應該不會是要倒追吧。

「找我有什麼事嗎？」

我這麼拋出疑問，禮奈便歪過了頭。

如果是藝人等級的帥哥就算了，很可惜的是我的臉還不及那種程度，所以只會覺得費解而已。

竟然會把第一次見面的男生叫來，我覺得一定是件相當奇怪的事。

「嗯，你在中途離開排隊隊伍的時候，我就想說你應該是個正經的人吧。」

「咦？」

從我自己口中發出了一聲拔高的驚呼。

搞不好……可能真的搞不好是……

「你看起來滿正經的，所以我想說可以拿你擋掉那些來搭訕的人。」

「喂！這比我預料的理由還差勁得多！」

我這樣大聲吐嘈之後，禮奈便大笑了起來。

「因為你感覺也不會做出什麼奇怪的事嘛。我們就隨便聊幾句再解散吧。」

聽了禮奈的提議，我猛地搖了搖頭。

「沒有聊天的必要吧。妳不用擔心，不會被懷疑啦，而且也已經看不到學長他們了。」

說是校慶，參加人數跟校地面積可是遠比高中的活動更具規模。應該好一段時間不用擔心會遇到他們吧。

但是，沒想到禮奈也沒有因此退讓。

「那不然，反正也閒著沒事，就稍微陪我一下嘛？」

聽見禮奈這句話，我不禁嘆了口氣。

也就是說，藤堂猜的「只是她剛好有空檔」說中了。

「我才不要。」

我拒絕之後，禮奈驚訝地回問：

「咦？為什麼？」

「因為理由讓人很不爽。」

聽我這麼說，禮奈「嗯——」地露出沉思的樣子。

接著將食指抵在下巴，竊笑般揚起了嘴角。

「不然在跟我聊天的這段期間，讓你雞蛋糕吃到飽。加上這個回報如何？」

「……好！」

可以吃到店員請的雞蛋糕這個提議還滿吸引人的。但我也無法否認原本就有想跟禮奈再聊久一點的心情。

遞到我手中來的是禮奈原本拿在手上的，裝著雞蛋糕的紙杯，裡頭有支牙籤插在所剩無幾的雞蛋糕上。

牙籤雖然只有一支，但對象是禮奈的話完全不成問題，不如說我還覺得有些竊喜。為了不被發現這樣的心情讓她對我保持警戒，我露出若無其事的表情將雞蛋糕送到嘴邊。

「哦哦，好好吃喔。」

「對吧？大家都說ＣＰ值很高喔。」

「這麼一點吃不過癮啦，我買一份好了。哎呀，不是說吃到飽嗎？」

我刻意這麼一問，禮奈便露出微笑。

「那特別算你半價就拿一份來給你。」

「剛才不是說吃到飽嗎……？」

「只要有付款就能吃到飽喔。你每付一次錢就能吃到一份嘛。」

「這跟我想的吃到飽意思不一樣！」

禮奈收下我心不甘情不願地掏出來的錢之後，就進到攤位之中，過了十幾秒又回來了。

她的手上拿著一個新的紙杯。

「請用。」

「喔，謝謝……」

依然無法釋懷地這麼道謝之後，禮奈就把雞蛋糕的錢還給我了。

「剛才那就當作是在開玩笑吧。我也想盡可能跟你聊久一點。」

稍微碰到的掌心帶著一點熱度。

一邊告訴自己是想太多了，我用平淡的語氣問道：

「有那麼多事情可以聊嗎？」

「有啊。畢竟我們同年嘛。」

要是因為彼此同年級，話題就會從天而降的話，那也不用苦惱了。然而眼前的禮奈，似乎跟彩華還有藤堂一樣，是儘管面對第一次見面的人，也能毫無隔閡地做出應對的那種人。

我偶爾也會跟第一次見面的人聊開，但我完全沒有自信可以像禮奈他們那樣讓對方抱持好感。

當我呆然地想著這種事情時，環視了四周。

只見無論哪個店員都是把客人找來聊天。

我靈光一閃，笑著說：

「原來攤販的店員都會這樣把客人找來啊。」

聽我這麼說，禮奈露出尷尬的苦笑。

「啊，被你發現啦。沒錯，是學姊吩咐我們要在閒暇的時候把客人找來。但我覺得那樣有點可怕。」

像剛才那樣的搭訕就算了，誰也不能保證沒有奇怪的傢伙混進來。畢竟是校慶，在眾目睽睽之下應該不太會發生這種事，但以禮奈的容貌看來，或許以前曾有過不好的回憶。

雖然不會去追究這件事，但我既然無意間察覺了，就決定配合禮奈的提議。

「所以妳才會覺得如果是一身打扮怎麼看都是個小大一的我，就能放心消磨時間了是吧。」

「這樣說起來有點語病喔，是因為你看起來是個正經的人，我才想跟你聊天的。」

「天曉得妳是不是這樣想。」

「而且與其說像個小大一，更像個高中生吧。你還是去買件新衣服比較好喔。」

「少囉嗦，要妳管啊！」

她看起來滿端莊的，沒想到講話這麼直接。

但我一直以來都沒跟這種類型的人當過朋友，便決定稍微陪她聊一下也好。

在那之後，我們聊得相當起勁。

像是喜歡一樣的歌手、喜歡一樣的漫畫之類，共通點也很多。

不知不覺間，我說的話越來越多。平常的我都是站在聽人說話的立場居多，所以感覺很新鮮。

禮奈做出回應的內容跟附和的時間點，都能讓說話的人心情更高昂，總之就是很會聽人講話。

解除了第一次見面的緊張感之後，接下來的時間都聊得很開心。這讓我覺得所謂的合拍大概就是這種感覺吧。

正當我漸漸湧上想再跟她聊久一點的時候，攤位前再次出現了人潮。

禮奈環視四周之後，露出了驚訝的表情。

「哇！一口氣多了好多客人。我得去整隊一下。」

雖然才聊到一半，禮奈感覺很抱歉地說著「那我走嘍」。

光是剛才聊的那樣還不夠——我心中產生了這樣的想法。

「校慶結束之後，要不要去吃個飯？」

會脫口說出這樣的話，應該是校慶的氣氛替我壯膽了吧。

禮奈眨了眨眼之後開口說：

「我記得剛才有說過自己不太喜歡被搭訕吧。」

「咦，不行嗎？」

一邊這麼說著，我總覺得猜得出回答了。

因為就算我約她吃飯，禮奈臉上的笑容還是沒有垮下來。

「嗯，好啊。也順便去買衣服吧。」

——這就是我跟相坂禮奈的邂逅。

畢竟第一次見面的時候就是兩人獨處了，在那之後見面時也總是只有我們。

活用了大學生擁有很多可以自由運用的時間，我們一星期差不多會約會三次。或許是彼此聊天的話題都很合得來，對於我的邀約，禮奈也全都答應了。

沒過多久，我們就開始交往了。

禮奈是個非常好的女朋友。

一如告白時她對我說的那句「我會讓你幸福」，到了現在，我一再想著對我來說，那確實是一段最幸福的時光。

自己想得到幸福的情感，也慢慢變成想跟她一起得到幸福。

就算交往了快半年，這份心情只是越來越強烈，一星期兩三次的約會也完全成了大學生活中最大的樂趣。

「欸，一般的女大學生收到什麼禮物會覺得開心啊？」

大學二年級的梅雨季時，也是半年紀念日的前一週。

我為了挑選送給禮奈的禮物而這麼向彩華問道，她卻難得對我露出了厭惡的表情。

「又要我選嗎？我都已經幫你挑好店家，這樣就該知足了吧。」

彩華一邊這麼說，眼神就看向我夾在手指間的菸。

「你啊，最近菸是不是越抽越多了？」

「有嗎？我沒注意到耶。」

「是喔。算了，總之禮物你自己選啦。只要是你自己一個人挑選的東西，我想你女朋友一定也會覺得高興吧。」

「我只是想問問妳的意見啊。妳以前不是也說過與其收到不喜歡的禮物，還不如實用一點的東西比較好。」

「那是我啊。但你女朋友的想法不一定跟我一樣吧。」

彩華冷淡到令人難以靠近地就這麼走出了吸菸區。

我看著她的背影，一邊將菸蒂壓上菸灰缸。

菸之所以會越抽越多，或許是因為禮奈稱讚我「感覺很成熟呢，我覺得滿不錯的」。

我也覺得自己太過單純，但那也無可厚非。

只要被女朋友稱讚，當男朋友的就是會想得到更多讚美。

抽完菸之後，我也接著走出吸菸區了。

今天的行程，是要實地看看跟禮奈交往半年紀念日的當天要去哪一間店慶祝。

在前往約好的地點途中，我有點在意身上這件新買的夾克會不會沾染上菸味，但後來想想只要回家再除臭就好了。

最近受到禮奈的影響，我多少會對自己的穿搭下點工夫了。這件夾克便是我第一次投入萬圓大鈔的衣服。

才覺得校慶時被她說像個高中生一樣的事情很令人懷念，我就遠遠聽見了禮奈的聲音。看樣子她已經抵達約好的地方了。

「悠太！」

「嗨，妳等很久了嗎？」

「不會，沒等多久。悠太，你這件夾克真好看呢。」

禮奈開心地摸著夾克。

「設計簡潔，非常適合你。」

「謝啦。這樣我買這件任誰都適合的簡潔款式也有價值了。」

「才不是呢，正因為是你穿起來才會這麼好看。我是這麼想的。」

禮奈這麼說著，輕輕摸了摸夾克之後，臉上也露出微笑。

「走吧？」

「喔。」

我如此應答道，禮奈便牽起我的手。那柔軟的觸感，以及人體肌膚的溫暖都透過掌心傳遞了過來。

「嘿嘿。」

「禮奈，真難得妳會主動牽過來耶。」

「因為今天是特別的日子嘛。」

「是為了特別的日子而先來踩點的吧。」

我點出這件事之後，禮奈就笑著說「也是可以這麼說呢」。

大多情侶都會在紀念日約會當天預約餐廳慶祝，但去預約的方式各有不同。

有些是男朋友會瞞著女朋友自己去實地看看感覺不錯的餐廳，也有些人是只透過網路評價做出決定。

至於我，則是採取跟禮奈一起決定餐廳的形式。

當初我打算要自己一個人決定，但禮奈表示「機會難得，如果能去兩個人都覺得不錯的餐廳比較好吧」，而我也說不過她。

事先上網調查一番之後，再列舉出幾間餐廳慢慢逛，直接感受店家的氣氛。禮奈也笑著說「如此一來要是失敗了反而更好笑，也很有趣呢」。

「這間感覺如何？」

我的手指向延續到地下室的樓梯。

樓梯旁邊立著一塊時髦的看板，讓人遐想那間餐廳的氣氛有多好。

但禮奈卻搖了搖頭。

「這間店不在我們列舉的名單當中啊。總之，我們先去在這附近的店看看吧。」

「雖然不在名單內但我們還是邂逅了這間店，沒差吧。不覺得是種命運嗎？」

「你之前也這樣說結果就失敗了，所以我們不是約好下次就要照著名單找餐廳嗎？」

「呿～～」

「真是的，別鬧彆扭嘛。」

禮奈傷腦筋地笑著，並挺直了背伸手放到我的頭上。

「我們下次再去吧。」

只是因為這樣心情就好轉，連我都覺得自己有夠單純。在行人不多的小巷子裡，她偶爾也會做出這樣的肢體碰觸。

雖然沒有剛交往的時候那麼頻繁，但我們應該能說是感情很好的情侶吧。

最近不只是跟禮奈見面而已，跟她朋友見面的機會也增加了。自從跟她交往之後，人際關係確實也拓展了開來。

總有一天，我也想讓禮奈見見彩華。

彩華本人是說「我是要用怎樣的表情去見她才好啊」，並只看了禮奈的照片而已，但她每次看到都會稱讚禮奈。雖然還沒跟禮奈提過，但我也想找個時間跟她說這件事。

「是那間嗎？」

我指向應該是我們要找的那間餐廳的建築物。這間店是彩華跟我說的，所以我也抱持著很大的期待。

低調的燈光照亮入口，跟鄰近的店家相比氣氛截然不同。對學生來說，感覺很難輕鬆地踏入。

一邊想著幸好有先買這件夾克，打開門扉進入店內之後，一位女性店員就以落落大方的表情朝我們行禮。

「歡迎光臨。」

「啊，不好意思。我們是先來踩點而已，可以讓我們稍微看看店內的感覺嗎？」

「好的。不介意的話，我向兩位介紹一下吧？」

女性很熟稔地接待我們。我朝身後看去，只見禮奈搖了搖頭。

「像這樣看一下店內氣氛就夠了。菜單的話他們網站上也能看到。」

「也是。留作之後的期待也好。」

我們小聲地討論之後，便重新面向女性

「不，還是不用了。我們會再來。」

「我知道了。那麼，靜候兩位再次來店。」

雖然只進到店裡幾十秒而已，但還是有所收穫

可以直接感受到店內的氣氛、確認到客群，也看到店員待客的應對。

禮奈也很滿意的樣子，勾起微笑說「感覺滿不錯的」。這種踩點多半會在自我滿足之中結束，但這一趟滿有意義的。而且對於推薦了這間店的彩華，也是每次都讓人不禁佩服。

一邊走在路上，我便開口說：

「我有跟妳說過我在大學裡有個最要好的朋友吧。」

「有說過，是叫彩華嗎？從高中到現在的同學。你偶爾會在社群貼出有她的照片吧。」

「對對對，我跟她認識很久了，那傢伙真的很厲害啊，什麼事都做得到。向我介紹這間店的也是彩華喔。」

這麼說著，禮奈睜圓了雙眼。

「原來是這樣。她知道這麼棒的店啊。」

「照我調查的方式來說，可找不到這樣的店。我也得多向她學習才行。」

禮奈隔了一段時間沒有回應，接著牽起我的手。

並勾著手指，十指交扣。

「——那下次有機會時，得當面向她道謝呢。」

「她也很照顧我嘛。時間能配合的話我再帶她來跟妳見面。」

「嗯。真期待呢。」

禮奈緊緊抱住我的手臂，並將頭靠了上來。

她像這樣的每一個小舉動都讓人覺得很可愛，我也用空出來的手摸了摸她的頭。比起她剛才摸我頭的時間，再稍微久了一點。

高中的時候我沒有認真跟別人交往過，對我來說，禮奈是第一個在兩情相悅的狀況下交到的女朋友。

比起禮奈對我訴說的「喜歡」相同甚至更多，我也喜歡著她。

就連這樣摸著頭的時候，我都覺得洋溢著幸福。

「好喜歡你。」

禮奈沒有面向我地這麼說。

「我也是。」

偶爾會像在確認一樣，對彼此說出喜歡。

每一對情侶都有各自的相處方式，但我覺得現在這樣正好適合我跟禮奈。

「悠太。」

「嗯？」

「我呢，為了明天而沒有去參加同好會的旅行。」

「弓道同好會的嗎？原來有旅行啊。」

女子大學只有少少幾個同好會，因次大多都會到附近的大學去玩。禮奈也是這樣，她有加入我的大學的弓道同好會。

剛開始在校慶認識她的時候，還以為她是參加更愛玩的那種同好會，聽說是弓道之後我也稍微安心了一點。就算有旅行，應該也比較接近集訓。

因此就算這趟旅行有男生同行，我也完全不打算束縛她。

「對啊。大家一起去的兩天一夜的旅行。」

「妳上次參加的時候有說過玩得很開心吧。這次竟然沒有去啊。」

如果是這樣，就算是半年紀念日，或許也不會硬是要預約餐廳約會了。反正紀念日還會有下一次，但同好會的旅行就沒有那麼常辦了。

所以她為了明天而捨棄了那麼重要的活動，說真的讓我覺得很開心。

當我正想道謝的時候，禮奈先開口了。

「是啊，我沒有去。我想說你真的知道這是什麼意思嗎？」

「什麼意思啊……」

比起同好會，禮奈更以我為優先。

儘管立刻就能答出這件事情可以引導出的結果，但還是因為太害羞了，需要一點時間才能化作言語說出口。會不會被她認為太自以為是了？

「……也就是說，妳就是這麼喜歡我吧？」

對於我總算說出口的回答，禮奈果斷地點了點頭。

「對啊，我就是這麼喜歡你……你真的明白嗎？」

「我知道啦。」

這讓我害臊地撇過頭。隔著車輛往來的道路，我看見一對跟我們一樣並肩走著的情侶。

對面那對情侶感覺比我們還要親密，要不是在大庭廣眾之下，他們可能會熱吻起來。

在跟禮奈交往之前，每當我看到那樣的情侶都會覺得煩躁，但現在甚至會覺得莞爾。

「……那就好。」

禮奈看起來對那對情侶不感興趣的樣子。

明天的半年紀念日，就稍微逞強一點，好好享受一頓高級晚餐吧。

——到這個時候，我覺得我跟禮奈交往得還滿順利的。

自從半年紀念日又過了幾個月之後，一切就開始變質。

她漸漸拒絕約會的邀約，聯絡的頻率減少，最終迎來那一天。

到底是哪裡做不好了？又或有什麼契機嗎？

這時候的我，作夢都沒想到會在一年紀念日的前一天被劈腿。

——那個瞬間，我想我的心臟確實停下了一次。

我總算是忍住沒鬆開自豪地提著裝有香檳的木盒的手。

在覺得不可能會有這種事而想搖頭否認的意識之上，又落下了冷淡地說著果然是這樣的另一道意識。即使如此最後還是驚訝的心情勝過一切，我只能佇足在原地。

跟禮奈的一週年紀念日前一天。

我去已經預約好的餐廳走完最後一次探路，並踏上歸途。直到前一天還特地跑這一趟的理由，是因為既然都愛面子地預約了有提供高級套餐的餐廳，要是還迷路就太糗了。

而且也順便去百貨公司買了適合紀念日的香檳。這也在我的計畫當中。

最近禮奈越來越少主動聯絡我所代表的意義，我並沒有遲鈍到連這種事都沒有察覺。

所以我也認為，明天就是一決勝負的日子。

儘管禮奈表現出一點遲疑的樣子，我還是有點強硬地定下了這場約會。雖說強硬，畢竟是一週年紀念日，禮奈也不會覺得提不起勁。

當我說完會合的時間，她也帶著微笑說著「我知道了。真期待」作為回應

——但那又怎樣？

紀念日前一天明明沒有約，我卻在自家前面看見禮奈的背影時，心情確實感到雀躍。然而當我看到她身邊有個男人的時候，腦中就閃過了不祥的預感。

那個不祥的預感在不過幾秒的時間內就成真了。

男人牽著禮奈的手。

禮奈也沒有展現出抗拒的樣子，兩人就這麼朝著巷弄走去。

從旁人的眼光看來，牽著手走在路上的他們怎麼看都是一對情侶。我本來想叫住她，卻還是在前一刻停下了動作。

就算沒有叫住她，反正明天也還會見到面。

我踩著就像拖了三四個鉛塊般的步伐回到自己家裡。

「……莫名……其妙。」

聲音嘶啞到不像是自己的，我發出一聲短短的乾笑。

太可笑了。這種狀況，根本就是小丑嘛。

當我在準備要給她的驚喜時，禮奈卻在跟其他男人約會，而且還選擇了會經過男朋友家的路線。我甚至還目擊了這一幕，感覺全都像是被別人安排好一樣順利，實在太可笑了。

我再次發出乾笑的聲音。

這兩個月以來，她聯絡的次數開始下降。

我深刻感受到跟剛開始交往時相比，禮奈的心漸漸遠離。

即使如此，剛好又接連有比起跟禮奈約會更該優先參加的「start」的活動。而在活動當中，我跟學長們之間產生了一點摩擦。

我跟那些學長本來就不是很合得來，只是一旦真的吵起來又像個笨蛋一樣苦惱不已。

結果是在藤堂，甚至還有彩華的幫助下，才總算化解了這整件事情，但回過神來才發現，我已經有半個月沒跟禮奈見面了。

如果是上班族或中遠距離的戀愛就算了，以家都住得滿近的學生間戀愛來說，算是相隔了滿長一段時間。

即使如此，我只是覺得雖很少有這樣的狀況，但並不是需要特別在意的事情。

所以當事隔半個月見面時，我也跟平常一樣和禮奈相處。

然而禮奈卻跟半個月前不一樣了。

以前就算我說了無聊的廢話，她也會咯咯地輕笑以對，並溫柔地微笑說著「真拿你沒辦法耶」。

然而禮奈已經不笑了。

「無聊死了。」

她當面這麼對我說的時候，我也覺得火大。

都不笑的禮奈確實讓我感到焦躁，我也明白自己接連說著比平常還更無趣的話。

即使如此被當面說無聊，還是會讓我的自尊心感到受傷。

「既然覺得無聊，那就算了。今天就這樣解散吧。我們明天也都還要很早起。」

彼此明天一早確實都有同好會的行程。然而現在是夕陽還勉強留在半空的時間，就算隔天一早有事，現在就要解散還是太早了。

換作平常，應該還會一起吃晚餐才是。

所以我期待禮奈會在此做些妥協。

就算沒說「抱歉」或者「是我把話說得太重了」也沒關係。

只要她有表現出對於剛才的發言感到後悔的樣子，我就會原諒她。

然而禮奈依然是板著一張面無表情的臉，說著「那我走嘍」就離開了。

從這一次約會開始，我就聽見禮奈的心漸漸離開我的聲音。

當我用ＬＩＮＥ向她道歉之後，禮奈也坦率地回覆「今天真是抱歉了」，但我的心情還是沒有好轉。

我並不是希望得到她的道歉。只是希望她能告訴我採取那種態度的理由。

我一直都很喜歡禮奈。不如說，這份心意或許比剛開始交往時還要高漲。

但這或許是因為感覺快要失去那個打從心底兩情相悅時的禮奈，才更加強了這份心意。

雖然是這麼一個常見的契機，但這樣的契機真的帶來很大的影響。

以那天為界，禮奈開始接連拒絕約會的邀約。

「剛好有事」、「忙於同好會」。

「跟人有約了」。

對於這樣無從挑剔的拒絕方法我也無話可說，只能放棄。

這個一週年紀念日，是這樣的禮奈說出了「真期待」這樣的回應，也是修復我們之間感情的最後一次機會。

——卻是落得這副德性。

我看著天花板的圖樣笑了一陣子。

完全流不出眼淚。

隔天，我沒有做任何準備，只是一直躺著。

這時耳邊傳來智慧型手機震動的聲響。

看了螢幕一眼，發現是禮奈傳來說她已經到我家門前的聯絡。

我最先感受到的是衝冠的怒火。用蠻力將手機摔上床之後，我走向玄關。

然而被劈腿這件事讓我覺得相當難堪，每當前進一步，甚至就連遭到背叛的怒火都漸漸變得微弱。

徒留的只有想著接下來該怎麼處理的空虛感而已。

我面無表情地打開玄關的門，並在走下樓梯時看見了禮奈。她一見到是我，便用一樣的步調走上階梯。

忽然間，我產生了一股想逼問她的衝動，但那份心情也在轉瞬間就萎靡了下來。

都這種時候了，她看起來還是這麼可愛。

對於產生這種想法的自己已經超越難堪，甚至不禁感到有趣，嘴角也微微揚起。

「我可以進去嗎？」

禮奈問道。

這是她時隔好幾個月說想進到我家。

我沉默地搖了搖頭，但她似乎無法理解這個意思。於是又問了一次：「我可不可以進去？」

這次我明確地說：

「不，不可以。」

禮奈的雙眼浮現了困惑的神情。

「為什麼？」

這是一個單純的問題。因為想進到我家而徵求我的同意，卻被拒絕了。這句話只是想詢問這樣的理由而已。

但就連這麼單純的一句話，現在的我聽來都感到不快。

腦中轟隆下起了大雨。

「我們分手吧。」

從我口中發出的那道聲音，就連自己也覺得聽起來著實乾脆俐落。就跟昨天嘶啞的聲音一樣，讓我覺得當人發生某件不得了的事情時，會連自己的聲音都跟著喪失。

禮奈聽我這麼說，看著我的表情，微微張開了口。在那之後她沒有說出任何話語，只是低著頭。

一般來說，聽人這麼突然提出分手，應該都會說點什麼吧。

禮奈想必是察覺到讓她只能這樣低著頭的理由了。

她沉默地低著頭，就跟承認了劈腿一樣。

「可以吧？」

我這麼一說，禮奈便緩緩點了點頭。

接著就憑著一股勁兒地關上門。

隔開兩人的那扇門，就像我們現在的心一般。已經不會再有交集了。

我佇足在原地好一陣子。

隔著門扉，我也能感受到禮奈跟我一樣沒有立刻離開。

我們究竟隔著一扇門，徒然地站在原地多久呢？

那段時間感覺就像只過了十秒，也像是過了幾分鐘。

但這段最後的時間也終將閉幕。

不久後，從投入郵件的箱子傳來金屬碰撞的噹啷一聲。

腳步聲也漸漸遠去。

直到完全聽不見之後，我才打開箱子的蓋子。

裡面放著我家的備用鑰匙。

那是我給禮奈的鑰匙。

這時，我才第一次覺得眼眶熱了起來。

第4話　春假結束後的大學生活

「…………睡過頭了。」

一看放在枕頭旁邊的智慧型手機，發現時間是上午十點。

第一堂課是從九點開始，所以絕對已經來不及了。

總覺得好像作了一場漫長的夢，好像是因為這樣才會就算鬧鐘響了也起不來。

正確來說，應該是在某個時間點把鬧鐘關掉了吧。

即使如此，沒想到上學期才剛開始的當天就睡過頭了。

「哎，算了……」

我把手機丟到地上，翻過了身。

今天應該沒有會點名的課才是。

通常第一堂課都是為了讓學生決定要不要修這堂課的時間。

仔細看過每堂課修課須知的我已經決定好要修的課程了，所以即使就這麼繼續睡下去，也不會造成影響才是。

雖然是想斟酌看看教授的課程適不適合自己，但被睡意襲擊的腦袋感覺沒辦法思考這種事情。

正當我要果斷地進入夢鄉時，響起了一道「叮咚」的電鈴聲。

「……嗯……」

會不會是送貨人員啊。春假放到尾聲的時候我也很少出門，常利用宅配寄送一些書或是小東西。

幸好信箱應該還有空間，就當作沒人在家，對方就會自己投入信箱了吧。

叮咚叮咚──

──我產生了一股不祥的預感。

叮咚叮咚叮咚叮咚……

「吵死人啦！」

我跨著大步走到玄關，使勁地打開門。

志乃原果不其然就站在眼前。

這狀況也太似曾相識了。

「早啊學長～～今天大學開學了呢！我想說你應該會睡過頭，所以就跑來了！」

「妳膽敢妨礙我的回籠覺……」

「來～～請借過喔～～」

鑽過這個家的主人手臂底下，志乃原直接走進我家。

當我無奈地跟在她身後時，意識也漸漸清醒了過來。

應該已經沒辦法再睡回籠覺了吧。

「為什麼要因為不能睡回籠覺而不開心啊？現在應該是要感謝我叫你起床才對吧。」

「喔，也是，謝謝妳。」

「感覺真的很不甘願耶……」

志乃原傻眼地嘆了一口氣。

不過志乃原說得沒錯，畢竟這也沖淡了我想睡回籠覺的欲求，這次便坦率地向她道謝。

「沒有啦，嗯，謝謝妳。」

「跟剛才的說法一樣好嗎！」

志乃原憤憤地向我抗議。

就算我理性上明白要好好道謝才行，看來是本能還很抗拒的樣子。

「唉，算了。那請你快點換衣服吧。我來看個漫畫。」

志乃原這麼說著就坐上床，並伸了個懶腰。

那是我直到剛才還躺著的地方。

自從志乃原會來我家之後，她好像已經沉迷於少年漫畫的魅力之中。

「好啦。」

反正她肯定也不是因為有什麼重要的事才跑來我家。

我從衣櫃裡拿出便服，走向浴室的更衣間慢吞吞地換起衣服。

洗完臉再用髮蠟整理好頭髮，最後再穿上設計簡潔的夾克，才總算讓我湧上想出門的心情。

要是一直穿著居家服，不管過了多久都不會想出門，但光是換上外出服，就能切換腦內的開關，真是不可思議。

「久等了。」

回到房間朝她這麼招呼了一聲，志乃原就「哦哦！」地做出回應。

「學長，你便服的品味滿好的耶。春裝也很好看喔。」

「真的嗎？謝啦。」

夾克加上貼身長褲應該是任何人穿了看起來都很帥氣的搭配，但被稱讚還是會開心。

情人節派對上被彩華挑了便服的毛病之後，要出門時我都會特別留意換上多少體面一點的打扮。

真不知道上一次穿上夾克是什麼時候的事了。

格。

而說到這麼評論的志乃原，她身上穿的是黑色毛衣跟鮮紅色的裙子。

床邊放著一個小包包，她還是一樣緊跟著女大學生的流行。

她看起來會顯得格外亮眼，應該也是這身打扮跟她出色的容貌很契合的關係吧。

「我也很久沒穿黑色毛衣了，好看嗎？」

說到黑色毛衣，彩華帶給我的印象比較強烈，但穿在志乃原身上感覺又是不一樣的風格。

這可以說是跟平常可愛的打扮之間所造成的反差嗎？

大家都說女人無法抵抗反差，不過男人也是。

「好看好看。」

「啊哈哈，學長害羞了～～」

「我才沒有害羞。」

隨口否認之後，我打開了冰箱。

去大學之前先果腹一下好了。

「我要吃個早餐，妳就繼續看漫畫吧。」

「這樣啊，學長還沒吃早餐呢。要我隨便做點什麼嗎？」

「妳的好意我心領了啦。還得早點去學校才行吧。」

了。

「既然有這樣的自覺，就請你早點起床啊。」

這種話應該要說給昨天熬夜的我聽才對，但睡過頭是我自己不對，所以也只能保持沉默

「咦？」

「怎麼了嗎？」

「冰箱裡什麼也沒有……走吧。」

「學長，我沒來的話，你真的都不會去買食材呢……」

「所以我平常都很感謝妳喔。」

志乃原一臉傻眼地這麼說，而我拿起包包。

「走吧。」

「……你說得太若無其事，害我差點都要漏聽了這句話，但我覺得還滿開心的。」

志乃原稍微笑了開來，從床上起身。

我也對於自己不禁說出這麼坦率的話而驚訝，但這應該就表示我對她的感謝是會下意識道謝的程度吧。

這份心情並無虛假。

儘管志乃原對於在我家做這些家事，應該沒有抱持任何不自在的感覺，但我們這樣的關

係在旁人眼中看來想必很是扭曲。

即使如此，我還是很喜歡這樣跟志乃原一起度過的時間。

以前志乃原說過，沒必要在乎他人的目光，只要當事人滿足就夠了。

我們一起走出玄關時，剛好看見櫻花花瓣在空中飛舞的光景。

「風好大喔——！」

——這樣的日常生活，還真是不錯。

我撇眼看著志乃原開心地撩起頭髮的樣子，也同時感受到春天的到來。

◇◆

距離大學只剩下走路五分鐘的路程。

越來越接近學校，也讓志乃原的情緒越來越高昂，甚至還在我身邊踏起小跳步前進。

「從今天開始我就是大二學生了！」

「恭喜妳升級。」

「學長就是大三學生了！」

「恭喜我升級。」

說到這裡，志乃原抬頭看著我開口說：

「這回應也太隨便了吧！」

「我才想問妳為什麼會這麼High……」

大學裡應該是有什麼讓她格外期待的事情吧。

對於開學這件事，我也抱持著期待。

但要說起有沒有雀躍到小跳步的程度，那我只能回答沒有。

「不覺得要上課很沒勁嗎？」

「哪會～～很有趣啊！可以弄清楚原本不懂的事情，是一件好事吧。」

「啊啊，太耀眼了！」

我忍不住用雙手覆住臉，將志乃原從我的視野當中阻隔開來。

我不是非常討厭念書，而且也十分明白這對大學生來說是一件必要的事情。

但假設神明可以保證我就算不念書，也能堂堂出社會並獲得成功，還能賺取高收入的話，那我確實不會念書。

然而就算是在這樣的狀況下，志乃原也會滿懷欣喜地去上課。

正因為很明顯地身為一個人，志乃原這種想法才是正確的，我才會不禁想從她身上撇開視線。

「學長會覺得要去上課很麻煩，是因為沒有人陪你一起上課嗎？」

「妳現在這番話非常失禮喔……」

「啊，不好意思。我沒有意識到。」

「圓場一下啊！當然有人跟我一起上課好嗎！」

不但有以藤堂為首的同好會的朋友，還有同系的朋友。而且也有彩華。

要不是如此，我現在有修到的學分應該會少到很淒慘才是。

「唔。也是呢，學長意外地很有人望嘛。」

「妳說意外是什麼意思啊。而且我才沒有人望。」

「啊，沒有啊……」

「不准露出那種眼神！」

看著露出憐憫眼神的志乃原，我不禁這麼吐嘈。

這種時候會這樣鬧我，反而令人覺得開心。

「但也有藤堂學長他們不是嗎？」

「那也不叫什麼人望，只是有朋友而已吧。」

「嗯——不過，每個人對於人望的定義或許不一樣就是了。」

這麼說著，志乃原衝到我眼前隔著一步的地方，並回過頭來。

「我覺得學長這個人很棒喔。」

「……喔，是喔。」

究竟會有多少人因為這句話沉淪啊。

要不是我，可能早就淪陷了。

真感謝彩華的鍛鍊。

多虧如此，我才能不至於化為屍骸。

「是啊是啊。所以說，學長……」

志乃原逼近過來，抬頭看向我。

「我記得有好幾堂跨年級的通識課吧。要不要跟我一起上呢？」

「什麼，我不要。」

「咦？為什麼！」

可能是沒有預料到會被我拒絕，只見志乃原驚訝地睜大雙眼。

「跟妳一起就會莫名引人注目啊。」

在二年級下學期的考試結束那天，志乃原光是朝我跑過來，就有許許多多男生的視線跟著投注在我身上。

志乃原跟彩華不一樣，就算身邊有很多人在，也會一如往常地跟我相處，所以男生投來的視線實在令人難受。

若要視作她的優點，那就是她的個性表裡如一，不會有所隱瞞，但那應該只會在我度過的大學生活當中，引發不太好的效應吧。

現在明顯就跟高二那時的狀況不一樣，對於要以自己的校園生活為優先，我一點也不會內疚。

「……學長。」

「怎樣啦？」

「當你遇到困難的時候，我可以給你看我整理的筆記喔。」

「真拿妳沒辦法啊，一起修課吧！」

「這個學長真的沒救了，得想辦法矯正才行……」

志乃原抱頭發出苦惱的聲音。

如果有辦法矯正我這樣現實的個性，那還真希望可以想點辦法。

看著眼前接著咯咯笑了出來的志乃原，我不禁這麼想了。

◇
◆

跟志乃原分開之後，我站在階梯教室的門口。
就說是遲到的學生常有的事吧。
可以容納很多人的教室。
距離第二堂課結束只剩二十分鐘。
在這種狀況下，文組的大學生就會這麼想。
——午餐時間都快到了，乾脆現在就去替朋友們占位子還比較聰明吧？
我也不例外地產生了這種想法，但就在我轉過身的瞬間，智慧型手機傳來震動。
是彩華。
『過來。』
「很恐怖耶……」
我不禁將手機從臉上拿了開來。
明明沒有約好要一起修課，但我總是向彩華借筆記，因此無法拒絕對我有恩的她。

但我想拒絕這件事也很奇怪就是了。

我盡可能不發出聲音地走進教室時，好幾個坐在後排的人朝我看了過來。

他們的眼神中一副想說「那傢伙都這麼晚了還來？」的樣子。

我能明白他們的心情，因為換作是相反的立場我也會這樣想。

就是討厭這樣的瞬間，大遲到的時候才會很難踏入教室。

彩華基本上都會坐在差不多的地方。

比正中間再前排一點。

她將包包放在自己的座位旁邊，恐怕是替我占的位子吧。

一邊覺得只利用那個座位二十分鐘實在很抱歉，我彎著背走上階梯，這時彩華也發現我了。

她朝我瞥了一眼，就默默地將包包放到地上。

雖然有點遠，既然她都幫我占位子了，我也朝著那邊走去，但就在途中被人拉住衣袖。

「——嗯？」

「嗨，坐這邊嘛。」

是月見里那月。

自從情人節派對之後，就再也沒見過她了。

既然知道她跟前女友禮奈是很親近的關係，我就是會不禁有所防備。

「不了，我……」

我朝著彩華望去，只見她一邊看著映照在前方的PowerPoint簡報，就像要把我趕走一樣擺了擺手。

看來她已經察覺叫住我的人是誰。

我不得已坐到她旁邊，那月就輕聲地笑了。

「咦，你不去坐小彩那邊嗎？」

「是妳叫住我的吧。」

「開玩笑的啦。」

「什麼跟什麼。」

一邊小聲跟她聊著這些話，我翻找起包包。

卻發現裡面只放了筆記本。

「糟了。」

我不禁脫口說出這句話。

那月朝我這邊撇了一眼之後，對我問道：「怎麼了嗎？」

「呃……雖然有點難以啟齒。」

「嗯。」

「我忘記帶筆盒了。」

「咦？這樣啊。」

那月依然看著前方，嘴邊揚起了笑。

「所以呢？」

「咦？」

我不知道她想說什麼，而有點困惑。

當我搔了搔頭看向前方，正好切換了簡報的畫面。

算了，反正有彩華在，也不用擔心吧。

即使如此，凡事都要靠她實在太過意不去，所以我決定下次一定要認真寫筆記。

在那之後便沉默地聽課，時間一下子就過去了。

每當切換投影片的時候都能聽見快門聲，看樣子這個我連名字都不知道的教授的課相當鬆散吧。

「這個教授感覺很鬆呢。」

我這麼一說，那月也勾起嘴角點了點頭。

「感覺確實很鬆。我大概會修這堂課吧。」

「我也會修。」

「你還差幾個學分可以畢業？」

「不到四十吧。」

當我這麼回答時，鐘聲也剛好響起。

將一片空白的筆記本收回包包之後，那月開口對我說：

「欸，悠太你啊……」

「嗯？」

「身邊有很多貴人呢。」

「嗯，我自己也是這樣想。」

志乃原、彩華，還有藤堂。隨便就能想到一群很厲害的人。

「但怎麼突然說這個啊？」

我這麼一問，那月便歪過了頭。

燙出大捲的髮尾也稍稍跟著擺動了一下。

雖然我跟那月相處的時間，並沒有久到可以拿平常的她來比較——

即使如此，我還是覺得那月給我的感覺跟之前不太一樣。

至少跟之前歡慶考試結束的聚餐那時不一樣。

「……怎麼了？」

「你覺得呢？」

「什麼嘛。」

我輕聲笑了笑就揹起包包，這時那月緩緩地開口說：

「對吧？不說出口根本不知道嘛。」

「是啊，不會知道呢。」

「你剛才發現忘記帶筆盒的時候，是怎麼想的？」

聽她這麼問，讓我大概知道這段對話的走向。

但依然搞不清楚她說這些的目的為何。

「我覺得很傷腦筋。」

「你沒有想要借筆嗎？」

「……有點吧。」

那月嘆了一口氣，並朝著我拿出筆。

「只要你說一聲，我也會借你喔。但你要是沒有說，我就不會借。」

這麼說著，那月便再次將筆收回筆盒，並放入包包。

她站起身來，並從與我反方向的通道走了出去。

「不要以為每一個人都像小彩那樣完美。」

這道細微的話聲，也確實傳進了我的耳中。

——為什麼說到這裡會提到彩華啊？

回過神來，那月已經走進入口處的人群之中了。

她離開前的那句話，不斷在腦中迴響。

「怎麼了嗎？」

聽見身後這樣搭話的聲音，當我回過頭，只見彩華正一臉費解地看著我。

「她對你說了什麼嗎？」

「咦？」

「你呆站在這裡，看就知道了。」

彩華這麼說著，就在我坐著的座位後排坐了下來。

「看你是要說這件事情，還是要吃午餐。你要選哪個？」

「……吃飯。」

「嗯，我知道了。」

站起身，彩華揚起了嘴角。

馬上就察覺到發生了什麼事情，還能顧及我的心情。

——看起來確實很完美。

看著彩華的反應，我便了解到那月想說的是什麼了。

「欸，妳為什麼會這麼懂我啊？」

「突然講這個做什麼？你也很懂我不是嗎，意思一樣啊。」

……我不覺得自己有周全照料到像彩華這種地步就是了。

或許是相處的歲月累積，以及時間濃密的程度，讓我們這麼了解彼此。

看在旁人眼中，我是不是也很周全地照料彩華呢？

「我們的關係真是完美啊。」

「很完美啊。何況接下來你還要請我吃飯嘛。」

「咦？」

「你都讓我寫了兩人份的筆記，連明天的午餐都要給你請喔。我覺得這樣的關係真是美好呢。」

「喔，以某種意義而言是很完美……」

我拿出錢包，腳也踏上了通道。

彩華淺淺笑著，對我問著：「今天要吃什麼？」

這是一如往常的日常，也是幸福的日常。

之所以整體來說能稱得上是不錯的大學生活，確實都是多虧了身邊有這些人在。

就算這樣的日常生活會讓我變得沒出息也沒關係。

那月的建言，讓我這麼想了。

「嗯～～真的是便宜卻很好吃呢。」

彩華吃著學生餐廳的咖哩一邊這麼說。

露天咖啡廳或是其他時髦的地方，一下子就客滿了。

因此，下課之後又拖延了五分鐘左右的我們，就來到便宜又好吃的學生餐廳。

這裡是最便宜，而且最寬敞的地方。

即使如此，要是再晚個兩三分鐘來，可能就會很難找到兩人座，可見人就是這麼多。

這讓我再次體認到大學跟高中的規模有多不同。

「拉麵好好吃喔。」

「……你的麵都快爛了吧，還行嗎？」

「嗯～～」

我一邊抽著手遊的轉蛋，並吸著麵條。

「呃，沒抽到。」

「你有在聽我說話嗎？」

「有在聽喔。沒想到還滿好吃的耶，妳要吃嗎？」

「不用了。在這裡也太顯眼。」

那如果不是在學生餐廳就會吃了嗎？

我把叉燒塞進嘴裡之後，又喝了一口湯。

「這麼說來，研討會是什麼時候開始啊？」

彩華一問，我便暫時放下筷子回答她：

「不是下下星期嗎？我記得第一次停課。」

我就讀的科系希望大家每年都能加入研討會。

通過去年舉辦的面試之後，我也加入了跟彩華一樣的研討會。

在一年當中可以修的學分是固定的狀況下，研討會算是特別另計的，不會受到限制。

所以通常想早點修完畢業所需學分的人都會加入研討會。

而且研討會也是除了同好會之外，可以建立起人際關係的集會，也有人是以拓展交友關係為目的才加入。

雖然這跟高中分班一樣會有運氣好壞之分，但我並不討厭那樣的團體。

「哦～～太好了。我從這星期開始會很忙，如果有會出作業的課程就很討厭呢。」

「妳要忙什麼？」

我這麼疑問，彩華便露出苦笑。

「你也有事要忙吧。同好會的迎新啊。」

「喔喔……」

說不出口。我平常都只有參加活動而已，從來沒有擔任過主辦。

所謂迎新，感覺就像高中那種體驗入社的活動。

同好會的數量可不是社團活動可以相比擬的。

但無論哪一個同好會，舉辦迎新的內容都大同小異。

也就是在同好會活動之後舉辦的，稱作會後聚的聚餐。

目的是為了加深彼此的交情。每個同好會都有各自的規定，有些地方是完全不跟一年級新生收取任何會後聚的費用。

相對的，高年級的人就必須多出一點，而我的口袋卻沒有那麼深。

「你一年級的時候也被人家請過很多次吧。接受過的恩惠就要還給下一個世代啊。」

「我、我知道啦。」

「騙人。」

「唔……」

說真的，我會不禁產生如果請客的對象是朋友，那還會覺得請得有價值這種想法

我只是對於要請不認識的人感到有些抵抗而已，如果是很要好的對象就不會這麼想。

聖誕節那時候我也請過志乃原，而且也請過彩華好幾次。

「當你請我的時候，大多都是你有做錯事就是了呢。」

「妳為什麼從剛才開始就一直在對我讀心啊！」

「只是直覺好嗎？」

這麼說著，彩華就站起身來。

她光憑直覺就能對我讀心是很令人受不了，但這也不是現在才有的事。

我跟彩華從念高中的時候開始，就經歷了各式各樣的事情，所以我也不覺得奇怪。

我們跨越了各種事情，並走到這裡。

所以我們現在才會建立起這樣的關係。這點就連我也很明白。

然而每當我感受到這份關係時，我可能都會不禁回想起。

——不要以為每一個人都像小彩那樣完美。

月見里那月的建言。

那句話所代表的意思。

那句話想表達的意思。

「你也要來參加我們同好會的迎新嗎？」

那樣的彩華對我提出邀約。

然而那月的建言，終究不會成為我減少跟彩華相處時間的理由。

這完全是兩碼子事。

「今天是我第一次擔任副代表，總覺得有點不安呢。而且人手也不足，如果你能來陪我，我再請你吃點什麼吧。」

「真拿妳沒辦法啊！」

「很好，上鉤啦～～」

彩華揚起嘴角，並為了回收碗盤而朝著回收架走去。

她只是往前走去就有模有樣的，其他桌有好幾個人的目光不禁朝著彩華追去。

這樣的存在，竟然是最懂我的知音。

我跟在彩華身後走去，一邊這麼想——

——一直跟這樣的人在一起，感受當然也會跟著麻痺。

★第5話　新生歡迎會

彩華雖然加入了好幾個同好會，但並不是經全副精力都投注於所有活動上。

有研討會、打工以及系上的朋友，甚至還有其他交友關係的狀況下，要是還傾力於好幾個同好會的話，時間有再多都不夠用吧。

因此，彩華傾力的同好會只有一個。

那就是她在升上三年級之後，就擔任副代表的戶外活動同好會「Green」。

二年級下學期舉辦歡慶考試結束那場聚餐的，也是這個同好會。

雖然是個有著在所屬之前蒐集來的志願卡上有長相評選這般黑心傳聞的同好會，但成員本身多是很好相處的人。

參加過歡慶考試結束聚餐的我也實際體驗過了。

搞不好那些人是因為知道我是彩華介紹來參加的，但大家都會積極地找我攀談，也讓我度過一段滿開心的時間。

「悠太也真辛苦呢。」

那月一邊在公園鋪著地墊，露出苦笑。

「哪有，還好吧。」

「真的還好嗎？要幫忙準備自己沒有加入的同好會迎新這種事，換作是我絕對會拒絕就是了呢～～」

「來幫忙也不是一件壞事啊，而且也能跟很多人聊天。」

說完之後，我才發現自己根本沒有想過這麼了不起的事情。

雖然不至於像彩華那樣，但看樣子我也開啟社交模式了。

「悠太只是想跟小彩聊天而已吧。」

「並不是好嗎？而且那月妳也在啊。」

「啊，對耶。我也在。」

「什麼嘛。」

我一邊笑著就將包包放在地墊上，暫時固定下來。

這座公園四處都擺了好幾張可以輕鬆坐上超過十個人的地墊。

不只是「Green」而已。

其他同好會以及其他大學也都會在這個時期舉辦迎新。

舉辦的場所也不局限於餐廳，所以像這樣的地方必定會聚集各式各樣的團體。

「這個同好會是個不錯的地方呢。」

我這麼一說，那月便聳了聳肩。

「不一定吧？」

「為什麼這麼說？」

「要是好的同好會，禮奈就會留下來啦。」

——我在做事情的手一瞬間停了下來。

我看向那月，那副黑框眼鏡深處的大大雙眼也正看著我。

「情人節派對那時候我把禮奈叫來，真是抱歉。」

「……沒差啦。跟朋友來往應該也有很多不得已的地方吧。」

「嗯。那個……我可以問你跟禮奈講了些什麼嗎？」

那月的雙眼感覺有點動搖。

看樣子她並不是單純出自興趣才這麼問。

那月露出了擔心著某個人的表情。

是在擔心我嗎？還是擔心禮奈？

這個答案——恐怕已經確定了。

「啊，你就是悠太啊！」

這時，一道陌生的聲音叫住了我。

我回頭一看，將一頭黑色短髮燙捲的男生朝我走了過來。

身高有點矮，他的頭大概到我下巴附近的地方。

「我聽小彩說嘍。謝謝你今天來幫忙！」

「呃，別這麼說。這也是之前各位讓我參加聚餐的回禮。」

我這麼回應之後，那月從旁邊湊了過來。

「悠太，這個人是這個同好會的代表喔。他叫樹，比我們大一屆。看起來是有點老氣啦。」

「最後那句話太多餘了吧！」

樹激動地大聲吐嘈。

從那月像是惡作劇般地笑著的樣子看來，他們的關係應該還不錯吧。

剛才那月說這不是一個好的同好會之類的發言，就先忘掉好了。

說到樹，在歡慶考試結束的聚餐時雖然沒機會跟他說上話，但時不時就會聽到他的名字。

我記得彩華之所以會起頭乾杯，也是身為代表的樹指名的關係。

話說回來，比我們大一屆就是大學四年級了。

「這樣會有時間找工作之類的嗎？」

我這麼一問，樹整個人就僵著停下動作，那月則是噴笑出聲。

「不管是那月還是悠太，到底是多想貶低我給人的第一印象啊……我留級了啦，真是抱歉喔——！」

「呃！」

我不禁發出這種聲音並退了一步。

因為留級的關係確定會再留在大學一年，所以也沒辦法找工作吧。

所以才會有空閒的時間，用來處理同好會代表的事情。

對於我的反應，樹露出了受傷的表情。

「不是啊，既然都留級了，要是不再擔任一次代表，會拉不回跟其他人之間的差距嘛。

雖然我本來就不是這塊料，但這也無可厚非啊。」

聽樹這樣說，那月用有些傻眼的語氣回應道：

「悠太聽第一次見面的人說這些也會覺得困惑吧。」

「妳不要插嘴啦，我是在跟悠太講話耶！」

「叫悠太來的當事人都現身了，你就把時間留給他們嘛。」

那月的這番話讓我回過頭一看，彩華正露出苦笑站在那邊。

「樹，不好意思，我本來想先介紹他給你認識的。」

「沒關係啦，人家是來幫我們的啊。作為謝禮，你就一起來參加迎新吧？也不會再跟你收會費啦。」

樹看著我這麼說。

我只是鋪個地墊並跑腿去買些宴會要用的東西而已，並沒有做什麼太了不起的準備。但受人道謝不會覺得不開心，所以我也笑著回應：「多謝招待！」

「小事小事。而且小彩也很難得會帶人來參加活動嘛～」

「啊哈哈，我只是想讓這傢伙多交幾個朋友。」

彩華笑著回答樹的這番話。

……我總覺得她之前說只是缺人手，但彩華現在也是社交模式，我還是別多嘴的好。

一邊目送著那月跟樹離開，我才開口說：

「……妳說是要增加誰的朋友啊？」

「天曉得～」

彩華笑了開來，並在地墊上頭坐下。

「我還滿喜歡這個地方的。」

「地墊嗎？」

「才不是呢！」

彩華大喊出聲之後，又發出「啊！」的驚呼回過頭。

四周的人都正鋪著新的地墊、擺放買來的東西，或是彼此談笑閒聊，看起來都沒有在注意我們的對話。

「現在這樣的對話就算被人聽到也沒差吧。」

「嗯，是沒錯啦，這樣確實是沒差。但要是展現得太親近，又被其他人說三道四的話，感覺很討厭啊。」

「如果是妳也不會有人說什麼好嗎？」

現在跟高二那時的狀況不一樣了。

成為大學生之後，身邊也多是在精神層面已經成熟的人，更重要的是所屬這個同好會兩年的彩華，大家都已經對她培養起信賴感，而且連我都感受得出來。

不僅是在歡慶考試結束的聚餐那時，就連我們一起走在校內的時候，也很常有人會向彩華打招呼。

「我就是不喜歡有人對你說三道四嘛。」

「我？」

見我愣了一愣，彩華便嘆了一口氣。

「對啊。怎麼，有意見嗎？」

「呃，也不是有意見啦。我只是想說，既然如此不要帶我來這裡不就得了？」

至今我也幾乎沒有去彩華的同好會打擾過，甚至當周遭有其他人在的時候，我還會盡量不要主動靠過去。

彩華之前會約我去參加的聯誼，之所以總是一些我不認識的人，我覺得應該也是她想將自己的交友圈跟我的交友圈區隔開來這種心思的表徵。

但是，現在的彩華似乎至少跟那時候不一樣了。

「我只是覺得如果你也能中意我喜歡的地方，那我也會很開心。」

「……這種話讓人害羞得要命耶。」

「我可沒有其他意思喔。」

彩華若無其事地這麼說著，就站起身來。

「休息結束啦。我還要再去採買一些東西。」

「……慢、慢走。」

看著彩華越走越遠的背影，我一邊想著。

——就算沒有其他意思，這種害臊的話，就是會讓人覺得害羞啊。

◇◆

再過五分鐘，「Green」的迎新活動就要開始了。

地墊上幾乎都坐滿了人，光是在這裡的人數恐怕就超過八十吧。

除了「Green」的成員跟才剛入學不久的一年級新生以外，好像還有幾個像我這樣是受人邀請來參加的人。

這個狀態竟然還是有一半以上「Green」的成員在別的地方聚餐，真不愧是大學規模最大的同好會。

而擔任這麼大型同好會副代表的彩華，或許比我想得還更辛苦吧。

「差不多要起頭乾杯了，我要過去了。」

「……在這麼多人面前？真的假的？」

「歡慶考試結束的聚餐時也差不多是這種感覺吧。沒有被突然點名就已經很不錯了，這次是事先就決定好的嘛。」

這麼說著，彩華就單手拿起啤酒朝著容易受人注目的地方走去。

……如果是我絕對辦不到。

我所屬的同好會在聚餐時的招呼也是隨便就開始的，所以就算偶爾要負責起頭乾杯，也很輕鬆隨意。

但要像這樣在特地準備好的場合去做這件事，我絕對會緊張。

何況還要在這麼多人面前就更不用說了。

「啊，那月。」

我朝著在不遠處分發酒的那月揮手並這麼喊了一聲。

酒好像都已經發得差不多了，現在她手上只有兩罐。

「哦，是想點酒嗎？想喝什麼呢？啤酒還是角High？」

「啤酒！」

「好喔，角High是吧！」

「喂～～妳聽得懂人話嗎？」

我一邊笑著接過角瓶Highball。

「因為我加入了『誰說第一杯一定要是啤酒！』黨嘛。希望悠太也能贊同我們的理念才會這樣賄賂你啊～～」

「我會贊同就是了，所以給我啤酒吧。」

「不行啦～～其實是因為啤酒太受歡迎了，所以不能給沒有繳會費的悠太喝～～」

「這真是說到我的痛處了！晚點再叫彩華幫我付就是了！」

雖然樹說不用跟我收會費，但我打算多少付一點。

在那之後就幾乎沒有要事前準備的事情，鋪完地墊我也只是在跟其他人聊天，所以真要我順從樹的好意也很過意不去。

雖然跟不認識的人一起閒聊很耗體力，但這也無可厚非。

「跟你開玩笑的啦。你就當個被邀請的賓客好好享受吧。」

那月放下罐裝啤酒，並對我眨了個眼。

這不知為何讓我覺得很逗趣，不禁晃著肩膀笑了起來。

我跟那月之間因為禮奈的關係或許有著各種疙瘩，但這是兩碼子事。

我也久違地想跟那月聊聊漫畫的事情，便為了她騰出了空位。

「活動一開始的這段時間，我們就跟之前一樣一起喝一杯吧。」

「哇啊，是在約我嗎？好耶好耶，那就恭敬不如從命嘍。」

那月坐下來之後，便飄來一道花香。

她褐色的鮑伯頭在燈光的反射下看起來渲染得有點紅。

「對了，我有個學妹預計等一下要來，也可以讓她加進來一起聊嗎？」

「可以啊，到時候我應該已經開始醉了，會變得很直爽才是。」

「太謙虛了啦，我覺得悠太你還滿親切的，很容易跟大家熟起來啊～～」

那月拿著角High，開心地笑著這麼說。

雖然不知道看起來親切是我努力的成果還是那月的客套話，但現在我就滿懷感謝地收下這句稱讚了。

「好了～～各位看這邊～～！」

這時傳來一道響亮的男性聲音，大家也都朝著那裡看過去。

樹跟彩華就站在被地墊圍繞的正中央位置，讓其他成員都紛紛坐下。

「……竟然要站在那種從各方面都會受到注目的地方，真辛苦啊。」

「我也是因為不想做那種事，所以才不想擔任什麼職責呢。真要好好感謝他們兩個。」

那月的這句話也讓我點頭認同。

我自己很明白，換作是我也八成會這樣想。

「謝謝各位來參加今天『Green』的迎新～～我是代表的樹！今天請各位玩得盡興再回去吧～～！」

隨著樹的這番話，同好會的成員們也紛紛舉起啤酒罐之類的作為回應。

一年級的新生也都拿著果汁或茶，儘管覺得困惑還是High了起來。

說出口的招呼明明很普通，卻營造出不錯的氣氛。

這也是這個同好會釀造出的整體感吧。

「混在這群人當中的我到底是哪來的傢伙啊？」

「是大家最喜歡的副代表的好朋友呀。」

「那我就滿懷感激地來聆聽那個副代表的發言吧……」

當我看向彩華，也剛好跟她對上了眼。

彩華的嘴角在轉瞬間微微上揚，卻搖了搖頭止住了微笑。

那月在一旁笑著說：「看樣子還是會緊張呢～～」

樹在那之後好像也說了些什麼，但我完全沒在聽。

「非常感謝各位來參加今天『Green』的迎新。我是副代表彩華。」

彩華一報名之後，就能聽見四周傳來炒熱場子的歡呼聲，以及一年級新生們說著「天啊！大美人！」之類的聲音。

「……我剛才就在想了，為什麼自我介紹的時候都只說名字而已啊？」

「講全名的話會因為人數太多而記不得呀～～」

那月給我看了貼在自己胸前的寬膠帶。

寬膠帶上頭寫著「小那」，看就知道是那月的暱稱。

當我環視了四周，只見所有同好會成員在胸口的位置都有貼寬膠帶，應該是為了讓一年級的新生可以記住大家的名字。

一年級的新生也同樣在問了暱稱之後給他們一段寬膠帶，這樣在聊天時也不用逐一詢問對方的名字了。

畢竟要在一場迎新就記住所有第一次見面的人是一件極為困難的事，所以有很多同好會都是採用這種方法。

雖然單純，但是一種高CP值又有效率的辦法。

「我們這個同好會名為『Green』，但其實是有著一點小小的由來喔。」

彩華這麼一說，在她身旁的樹則「咦！」地發出一聲驚呼。

彩華傻眼地說「你怎麼會不知道啊……」，包含那月在內的同好會成員們都大笑了起來。

「雖然說是由來，但也不是多有淵源的事。畢竟我們是戶外活動同好會，有時會上山，有時也會下海。」

聽彩華這樣講，我便向那月問道：「是喔？」

而這個問題的回答就是「一年大概兩次左右」。根本沒在戶外活動嘛。但這句話我還是放在心裡沒說出口。

「簡單來說，由來就是『這種大自然的氛圍就是綠綠的吧？』。只是這個隨便的理由真是抱歉。不過按照這個同好會的習俗，似乎就是要在迎新時告訴大家。」

彩華露出了一點苦笑。

那跟我常看到的苦笑不一樣，是特別顧慮了周遭的反應而露出的表情。

但以男生為中心，這也讓場面熱鬧了起來，算是很有價值了。

如果是要由我說明「Green」的由來，氣氛恐怕會是一片死寂。

樹真該好好感謝彩華的本事。

「就算我們出社會了，也多的是接觸到大自然的機會。但跟同個世代，而且這麼多人一起去同一個地方的經驗，當大學生活結束之後應該就很難再體會得到。」

——確實是這樣沒錯。

說到出社會之後還能跟一大批人一起旅行的機會，立刻就能想到員工旅遊。

但那是跟一起工作的夥伴去旅行，彼此的關係與現在不一樣，而且世代也各有不同。

有些事情正因為有大學這個限制才得以實現。

「跟幾個要好的人一起去旅行，當然會很開心。但是，這個同好會的優點就在於可以跟一大群人一起去旅行。還有除了跟自己選擇的要好的朋友之外，也能跟其他人一起共度這段時光。」

對我來說，或許很難完全理解這個優點。不過感受性也因人而異吧。

然而這對自願來參加這樣的戶外活動同好會迎新的一年級新生來講，肯定是一段令人開心的發言。

像我這樣的人混在這裡才奇怪。

實際上，學生們也都很有小大一的樣子，雙眼都亮了起來。

「這一定會成為獨一無二的經驗。也一定會是一份很棒的財產。各位成員～～！你們說，對吧？」

彩華一向同好會成員高聲一呼，大家就一齊發出「喔～～！」的回應。

在那當中也有一年級新生混進去一起喊，就被一旁的同好會成員吐嘈，並喧鬧了起來。

不但宣傳了同好會，氣氛也確實炒熱了起來。

「透過這場迎新，若是覺得想跟我們『一起共度大學生活！』，請務必提交志願表喔。我很期待各位的到來！那麼──」

彩華笑容滿面地高舉起啤酒罐。

大家也一邊揚聲喧嚷地一起高舉起啤酒罐、角瓶Highball、果汁或茶。

在一棵又一顆的櫻花樹底下，一大群大學生看著同一個人物，同樣高舉起手中的飲料。興奮的感覺接連渲染開來，眾人滿懷雀躍地盯著彩華看。

所有人都在等著彩華的一聲口號。

「——乾杯！」

「「乾杯！」」

就這麼簡單的兩個字，一口氣在四周紛紛響起。

大家都將拿在手上的飲料跟別人的碰在一起，並笑著對彼此說「請多指教！」。

眼前是一片在我的同好會終究不可能看見的光景。

如果我是站在旁人的眼光去看這副光景，究竟會怎麼想呢？

大學生又在喧鬧了。

大學生又在莫名其妙地起鬨喝著酒。

我或許會這樣想。

但至少對於參加了這個現場的我來說……

「那月，抱歉！我離開一下，妳幫我占著位子！」

「咦，你已經要離開了喔？不要丟一個女生在這邊啊——！」

聽見這句話我還是背對了她，並朝著地墊圍繞著的正中央走去。

——找到她了。

子。

「嗨！」

聽見我的招呼而回過頭的彩華露出驚訝的表情。

她好像接下來要向各個同好會成員以及一年級的新生們乾杯，正準備去四處打招呼的樣子。

「咦？你怎麼跑來了，那月呢？」

「我想第一個跟妳乾杯。」

這麼一說，彩華在睜圓了雙眼之後噴笑了出來。

「啊哈！什麼嘛，怪人。」

「少囉嗦。喏，乾杯。」

我遞出罐裝啤酒，彩華便帶著微笑開口說：

「真拿你沒轍……乾杯！」

鋁罐之間輕輕碰撞出清脆的聲音。

只是這樣一個動作而已。

就算是在這種狀況下，唯有這個動作放眼望去隨處可見。

一點也不稀奇，換作平常只會隨便帶過去就結束的一幕日常光景。

然而這之所以會讓我莫名開心——

「笨蛋～～快點回去啦。」

——就是因為我眼前也有個正同樣露出開心表情的傢伙。

「那部漫畫真的來個大轉折耶，當初在漫畫雜誌連載時根本想像不到這個發展。」

那月喝乾了第二罐角瓶Highball。

在同一個時間點，我也喝光了第二罐啤酒。

「哇啊，同時喝完耶。你是在配合我嗎？」

「沒想到引發了鏡像效應呢。」

「嗯～～不怎麼樣呢！完全不行～～如果想追我，就應該要更尊重對方的心才行喔。」

「我不就說了是沒想到！」

我使勁捏扁了鋁罐之後，就拿走那月喝完的空罐。

「這麼好？那我就恭敬不如從命嘍。」

「我什麼都還沒說耶。不過這也算是剛才的賠禮啦。」

「你說剛才的賠禮，是指跑去見小彩而把我丟下那件事嗎？太廉價了，我可不會因為這點小事就原諒你。」

「接下來想喝什麼？」

「角瓶Highball！」

一邊這麼說，那月就揮著手目送我離開。

真不愧是「誰說第一杯一定要是啤酒！」黨。

她從剛才開始一直都只喝角瓶Highball。

當我拿著空罐子走向同好會準備好的垃圾袋時，聽見了四處傳來的歡笑聲。

規模這麼大的公園在可見距離當中並沒有住宅區，所以大家才會發出比平常更大的聲音吧。

雖然現在這時間太陽都還沒西下，但宴會已經相當熱鬧。

我走到放了超過一百個綁在一起的鋁罐的地方，並拿了兩罐角瓶Highball。

就在我要回去那月那邊時，看到彩華正到一年級新生的小團體露臉。

「對對對，我也有過中途才發現自己圈錯的經驗——」

「咦，彩華也是嗎？總覺得好有親近感——」

看來以彩華為首的小團體，似乎正在考試的話題上聊得很開心。

這個時期的一年級新生與高年級生之間最容易聊開的話題，恐怕就是關於大學考試的事情了吧。

當年我參加同好會迎新的時候，高年級生也是動不動就搬出考試的話題，現在看到彩華的身影就讓我想到那是為了讓一年級新生參與聊天話題，並緩和緊張情緒吧。

並不是參加過迎新的同好會最後都會加入，所以我也無從得知那個時候的高年級生的聯絡方式，但我在心裡默默感謝對方。

回到原本的地方之後，正好看到那月拿起智慧型手機在拍櫻花。

「久等了，妳在做什麼啊？」

「看就知道了吧，我在拍櫻花呀。」

那月謹慎地按下快門，拍下照片。

一看那張照片，正好是剛升上天空的月亮俯瞰著櫻花一般的構圖。

「哦，感覺不錯嘛。要貼文嗎？」

這張照片散發出不錯的氛圍，放上社群應該很受人歡迎。

我跟那月的社群帳號有互相追蹤，偶爾會在動態時報上看到她感覺很時尚的貼文。

但那月卻搖了搖頭。

「不了。這種的就算了。」

「什麼叫這種的啊？」

「嗯——就是大自然風景之類。」

聽她這麼說，我沒多想地試著用自己的手機快速回顧那月的貼文。

確實她貼文的內容全是咖啡廳或燈光秀的照片，以大自然為主的照片則是一張也沒有。

「悠太，你啊。」

「嗯？」

「還記得我的姓氏嗎？」

那月一邊滑著手機，拋來這個問題。

「叫月見里對吧。是個特別的姓氏呢。」

我一邊將角瓶Highball遞給那月這麼回答。

那月的姓氏給人的印象很深刻，就連比較不擅長記住別人名字的我，也都能馬上記得。

那月點了點頭，並打開第三罐酒。

噗咻一聲，發出氣泡衝出來的聲音。

「我啊，以前還滿喜歡這個姓氏的。」

我也默默地打開拉環，並喝起Highball。

「在可以看見月亮的鄉里，沒有險山。所以才叫月見里。而且還用美麗的月亮作結，叫那月。我一直都覺得，家人替自己取了非常美麗的名字。」

第一次見面的時候，我也有完全一樣的感想。

這種很有風情的名字，應該沒有什麼機會聽到吧。

「但是呢，我最近不是很喜歡。」

「咦？」

那月關上手機，收進口袋裡。

「月亮就只是太陽的副手吧。」

「副手？」

「因為，要是沒有太陽的光芒，月亮也不會散發光輝。」

月亮的光輝，是多虧有太陽光的反射。

就這件事來說，那月說的沒錯。

甚至連小朋友都有在自然課上學過吧。

「難道這不正是月亮的優點嗎？」

我這麼說了之後，那月露出有些驚訝的表情。

「也有些是唯獨月亮才有的優點吧。」

太陽的光芒太過耀眼了。

相較之下，我覺得可以直接目視的月光還比較美麗。

「……這話說得真過分。」

那月小聲地如此低喃，並像是用灌的一樣喝下Highball。

我不知道究竟是哪裡讓她覺得過分了。

但她說出這番話可能只是希望我點頭回應，我卻潑了她冷水。

「抱歉。」

姑且道歉了之後，那月也搖了搖頭。

「別這麼說，我才該道歉。你就把剛才這件事忘了吧。」

那月的鮑伯頭泛著紅光。

看起來會比剛才的光澤還要更紅，應該是亮起的路燈所致吧。

「這罐Highball是幾度啊？」

那月語氣明朗地朝我問起酒精濃度。

就像她剛才明言的，似乎是想從剛才那番對話中轉換心情。

換作是平常的我，就算從聽不出要點的對話切換成別的話題也不知道要如何應對，幸好現在正喝得有些酒酣耳熟。

看了一下瓶身，上頭標示著酒精濃度是九度。

「九度吧。喝個三罐左右大概是微醺的感覺，剛剛好。」

「嗯嗯，我懂。要是三度左右的微醺感就完全不會醉呢。」

酒量這種事情每個人都會表現出顯著的差異，而我自認是比一般人的酒量再好一點。那月大概也是吧。

所以我也想要就這樣邁入第四罐，但有件事情令我掛心。

跟彩華去溫泉旅行時，因為錯估自己的酒量而爆睡了一頓。

雖然想要暫時別喝太多酒，但既然都來參加聚會了，至少還是保留一點酒量比較好，畢竟當時的自己就只是個蠢蛋而已。

「如何，要喝第四罐嗎？」

「呃～～嗯——我第三罐也還沒喝完，現在先不用吧。」

我這麼拒絕，那月就「呿～～」地嘟起嘴。

看了一下，只見那月手中的罐子已經空了。

「禁止酒精騷擾喔。這個規定也適用於這個同好會吧。」

「是沒錯啦，小彩也有特別叮嚀再叮嚀～～要我們不要對人酒精騷擾就是了。但反正是悠太嘛，而且我也知道你還能再喝一點啊。」

「是是是，那還是別騷擾吧～～」

我小口小口地喝著Highball。

雖然覺得有點不暢快，但這樣也是滿好喝的。

「學長，大口大口灌下去啊！」

「所以說禁止酒精騷擾——」

當我話說到一半時，就噴出含在口中的Highball了。

「咿嘎！」

這所大學當中，就只有一個傢伙會叫我學長。

在我的眼前，有個小惡魔般的學妹滾了過來。

「妳……為什麼會在這裡啊！」

我大聲地向她一問，志乃原就用大受打擊的表情開口說：

「只、只是出現在這裡就被大吼的我到底……」

「啊，不是……抱歉。」

雖然我道歉了，志乃原還是生著悶氣甩起手來。

「最近都完全不覺得有縮短與學長之間的距離——！」

了。

「妳現在不要講這種話好嗎，會被人誤會吧！」

當我想跟那月做些解釋並回過頭的時候，發現她不是看著我，而是志乃原。

總覺得那雙在黑框眼鏡後方的眼睛稍微瞇細了一些，讓我不禁挺直了背。

為了不讓志乃原再說溜些什麼，我才正想把她趕遠一點，並介入她們之間時，那月開口

「——真由，妳好晚來喔。我都等得不耐煩了。」

「啊，抱歉讓妳久等了，那月～」

「……什麼？」

我發出傻愣的聲音。

隔著我，那月伸手碰向志乃原的髮夾。

「而且髮夾還有點歪掉了。我看妳是急急忙忙跑來的吧？」

「確實是急急忙忙沒錯，但我沒有跑啦～那樣會累嘛。」

「我想起妳之前打工遲到時也有這麼說過。」

「等等，我那時候有用跑的，而且勉強也有趕上啊！請不要亂改記憶好嗎！」

「是嗎～」

那月像在鬧她一般揚起笑容。

接著，她就抬眼朝我看了過來。

「是說你們兩個認識啊？」

當我不知道該怎麼回答那月的提問時，志乃原先做出了回應。

「我才想問呢。早知道學長也在這裡的話，我就會乖乖跑過來了耶。」

「欸，妳這是什麼意思～～？」

那月皺起眉間捏著志乃原的臉頰。

雖然無法判定她們是在什麼時機點認識的，但兩人交情似乎比我所想的還更要好。

不過，這個理由我也很快就知道了。

「學長，那月就是我之前跟你說過的那個在打工認識，還一起去溫泉旅行的人。」

「……那個人就是那月啊！」

有個人辭掉打工，自己卻不知道那個人的聯絡方式，可能再也見不到對方了。

在跟彩華去溫泉旅行之前，志乃原帶著陰鬱的表情這麼喃喃說過。

——然後在跟彩華溫泉旅行的途中，巧遇志乃原的那個時候。

志乃原說過她正是跟那個人一起來到這裡。

而這些事情所指的對象全是那月。

……但那對我來說，並不一定稱得上是一件好事。

雖然有很多個理由，但最重要的就是我從早抱持在心中的懸念。
但我並不想多加深入去思考那個懸念。
對現在的我來說，還是不要冒險地平安撐過這個場面比較好。
「你們兩個是怎麼認識的？」
所以，我想謹慎回答那月這個問題。
我一時沉默了下來，思索著該怎麼說。
「我就老實說了吧，我們是被前男友跟前女友劈腿的二人組！」
…………完了。
那月認識我的前女友，所以對於志乃原的發言很難微笑以對，嘴角顯得有點僵。
志乃原應該也從沒想過，眼前的那月竟然認識我的前女友吧。
而且豈止認識，回想起情人節派對那件事，我認為禮奈跟那月一定是滿親密的朋友。
「這、這樣啊。真由竟然會被劈腿，真令人意外。」
聽那月這麼說，志乃原也不斷點頭認同。
「就是說啊，不過我是已經想開了，所以沒差啦。我之前沒跟妳聊過這件事嗎？」
「沒有啊。要是有聽說過這件事，我一定會追問下去嘛。」
「但這位學長之前就徹底忽視過去了呢。」

志乃原揚起嘴角朝我這邊瞥了過來。

她指的是平安夜那天，我們第一次一起吃飯時的事情吧。

一個人八千圓的聖誕節套餐，到現在還是記憶猶新。

「我才不是忽視過去。只是其他話題聊得太熱絡了而已。」

「這完全稱不上是辯解吧？」

志乃原傻眼地這麼說，那月也點頭同意。

「嗯，剛才那樣說完全不成理由。」

「那月，妳不用跟這傢伙一個鼻孔出氣也沒關係吧。」

我嘆了一口氣，接著說了下去：

「妳們不是說會合之後就要先離開了嗎？」

志乃原會來到這裡並不是為了參加迎新，而是為了跟那月見面。

我不知道她們兩個接下來要去哪裡，但說真的，我只希望她們能趕快離開。

畢竟這個同好會的副代表就是——

「小彩～～我先走嘍！」

那月大大地揮手之後，只從遠方聽見一聲「ＯＫ～～！」的明朗回應。

幸好這裡人山人海的，看不到她的身影。

彩華他們那群人應該是在坐著聊天，只要我們不去靠近就不會看到她的身影。

「妳在跟誰報備呢？」

志乃原若無其事地一問，那月便答道：「是跟我同年的副代表！」

不顧我忐忑的心情，志乃原睜圓了眼佩服地說：「哦哦！」

「既然足以推動這麼多人的同好會，想必是個很可靠的人呢。」

「是啊，她跟我不一樣，真的很可靠。」

「確實跟那月完全不一樣呢。」

「妳是在認同什麼啊！」

那月直直用手指著她譴責道。

對此志乃原露出惡作劇般的玩笑之後，再次朝我看了過來。

「是說學長為什麼會在這裡啊？這不是『start』的迎新吧。」

「呃……就是來幫忙一點迎新的準備。」

「哦，真難得！學長竟然會當志工幫忙別人啊。」

「妳是把我當成什麼了……」

對一個自己外宿的學生來說，會比一般人更執著於跟錢有關的事情也是理所當然。

並不是所有人都像志乃原這樣沒有經濟方面的困擾。

……說到頭來，有著像這樣會將志工跟金錢聯想在一起的思考模式，也讓我知道自己有多麼不適合。

「悠太真的對小彩沒轍呢，換作是我就絕對會拒絕耶。」

——在那月看來，這恐怕是一句不會冒犯任何人的發言吧。

但我並沒有漏看志乃原那開朗又親切的笑容變得有些生硬。

「那月，妳說的『小彩』是——」

「哎呀，志乃原。」

怦咚。

四周在不知不覺間變得昏暗，要是不仰賴路燈就難以看到遠處的環境。

在這樣的環境下，我無法及時察覺是誰走了過來。

光是她們沒有在那場旅行中巧遇，或許就已經將好運用盡了。

——這就是在我所知當中，志乃原跟彩華第二次的偶遇。

◇
◆

「……彩華學姊。」

志乃原一臉不高興的樣子盯著彩華看。
兩人之間的氣氛就跟之前偶遇時一模一樣。
但現在這狀況跟那時候截然不同。
這裡既不是我家，四周也有一堆人在。
她們或許也很清楚，所以才沒有開口說些什麼，只是緊盯著彼此。
「小彩，我要先走嘍。」
那月從旁用深感抱歉的語氣這麼說。
彩華只是笑著對那月說：「好喔！」
她接著就朝我瞥了一眼，但志乃原打斷了這道視線。
「學長也跟我們一起去吧！」
「不，我——」
正當我想拒絕，只見彩華就在她身後搖了搖頭。
這是要我去的意思吧。
「——一起去是要去哪裡啊？」
「嗯……吃拉麵？」
大概是沒有先想好要去的地方，志乃原擠出了這麼一個回答。

「我已經吃很飽了耶。」

「你之前不是介紹我去吃醬油拉麵嗎～～」

志乃原的手貼到我的胸前，眨了眨眼。

這距離比平常還要近了一些。

那月不禁說出：「咦？你們有這麼要好喔。」

會這樣想也理所當然吧。

我很清楚從旁人的眼光看來，很難相信我跟志乃原之間沒有發生任何特別的事情。

而且現在的距離還比平常更加貼近，就更是如此了。

「所以說，彩華學姊。我可以借走學長嗎？」

志乃原這麼問，彩華也坦率地點了點頭。

「沒差啊。反正也沒他的事了。」

彩華只是基於我身為準備迎新的人員才這麼說的吧。

但這句話似乎讓志乃原相當不高興，我還是第一次看到她皺眉的樣子。

「……這是什麼說法啊，請妳向學長道歉。」

「好了啦，志乃原。我——」

我才說到一半，志乃原就抬頭瞪了我一眼。

「一點也不好。我終於明白剛才那月說的意思了。學長沒辦法反抗彩華學姊吧。」

那月露出想表達「不要把我捲進去啊」的眼神看向志乃原。

但志乃原完全沒有發現，繼續說了下去：

「學長乍看之下好像很好相處，但其實對他人沒有太大的興趣，可是他這個人只要是熟稔起來的對象，就會很替對方著想。」

「妳在說什麼鬼話。好啦，我知道了，去吃拉麵吧。」

我抓住志乃原的手臂想拉走她。

沒想到志乃原也乖乖地跟了上來，但還是想最後再補上一句，停下了腳步。

「彩華學姊，妳不要看準學長溫柔的個性就想利用——」

「志乃原，妳是不是誤會了什麼呢？」

彩華帶著威嚴的語氣，讓志乃原閉上了嘴。

她蹲了下來，一個個回收起我們喝光的鋁罐。

甚至沒有看向我們。

那月連忙跟上彩華的動作，將放在旁邊的垃圾袋攤了開來。

既然要提前離開，至少也得把垃圾清乾淨，於是我也抽離志乃原身邊，撿起空罐子。

「誤會？」

志乃原回問道。

彩華從我手中接過空罐，再丟進那月攤開的垃圾袋裡。

「這個笨蛋的個性我知之甚詳。但要怎麼解讀這傢伙的個性，是妳的自由。即使如此，我還是要告訴妳一件事——」

彩華走到我身邊並拉著我的耳朵，揚起嘴角。

「我跟這傢伙來往的時間，比妳還要久得多了。」

彩華若無其事地這麼說，這才鬆手放開我的耳朵。

雖然耳朵陣陣發痛，但我之所以完全不會覺得討厭，正是因為我們之間有著累積起來的時間。

我不知道有沒有必要刻意在這個場合說出來往很久這件事，但確實明確地傳達出我並沒有對於「沒他的事」這種說法不高興的事實。

彩華這番話讓志乃原沉默了一陣子，但她最後只是簡短地回應一句「是喔」，就抓住了我的手臂。

「學長拉麵！」

「我才不是拉麵。好啦，我會去啦！」

只對彩華做出「抱歉」的手勢之後，我就這樣被志乃原拉著離開了公園。

最後好像在跟那月講話的彩華，臉上的表情看起來就跟平常沒什麼兩樣。

「小彩是不是想說『還是我比較了解悠太！』啊？」

在之前有段時間常光顧的拉麵店。

當志乃原去上廁所的時候，那月看著菜單這麼向我問道。

「這個嘛，就整個對話的走向來說確實有點那種感覺吧……我要吃醬油拉麵。也給志乃原點一樣的。」

「咦，也幫真由點一樣的好嗎？」

「沒差啦。她剛才也說想吃我推薦的拉麵嘛。」

「哦，你很推這裡的醬油拉麵啊。」

這麼說完，那月就說著「不好意思，我想點餐」並叫住了正好經過我們桌邊的店員。

「我要三碗醬油拉麵。」

「好的。請問麵條的硬度要如何調整呢？」

聽店員這麼說，那月就朝我看了過來。

「那就兩碗偏硬——」

「啊，那我也要偏硬。麻煩三碗都偏硬。」

店員很快地寫好筆記，並朝著廚房喊著：「三碗醬油偏硬～～」

聽著從廚房傳來精神抖擻又響亮的回應，讓我回想起以前來這間店的事情。

那個時候在我身邊的是——

「……雖然今天早上我也有說過，但你真是個奢侈的傢伙呢，悠太。」

那月替自己倒了一杯冰水之後，接著就在第二個杯子裡注入冰水。

她並不是在挖苦我——雖然不是……

正當我苦思著要怎麼回應這句坦率的話時，身旁傳來一道聽慣的聲音。

「學長，我要醬油拉麵！」

「已經幫妳點好了啦。是我推薦的吃法。」

「哇，太棒啦，真不愧是學長。」

志乃原看起來也一如往常。

見到她跟平時一樣的舉動，讓我鬆了一口氣。

之前也是這樣，只要那個會讓她覺得不高興的對象不在場了，志乃原也會恢復成原本的態度。

看著跟那月有說有笑的志乃原，我不禁這麼想。

「是說，妳們兩個本來是要一起去吃飯的吧。我也跟著來真的好嗎？」

「當然好啊，反正我們也只是約吃飯而已嘛。」

對於我的疑問，那月這麼回答。

接著志乃原就朝我瞥了一眼，露出惡作劇般的微笑。

「我本來是想跟那月緬懷一下打工時的各種事情，但機會難得，今天就來聊學長的事情好了。」

「不要隨便拿別人當話題還想聊得很起勁！」

約吃飯。

原本應該就是沒有特別決定要去哪裡，只是自在地相約吃個飯而已吧。所以那月才會在迎新的時候幾乎沒有吃什麼東西，只是一直喝酒而已。

「啊哈哈，為什麼非得熱聊悠太的話題啦～～」

就在那月這麼說的同時，三碗醬油拉麵也擺上桌了。

一邊聞著冉冉飄起的熱氣帶著引發食慾的氣味，我下意識地這麼想著。

——那月大概不太喜歡我吧。

以人際關係來說，像這種負面的直覺總是很準確。

察覺到這一點，酒也醒了。
總覺得這碗將整場宴會作結的拉麵，味道似乎比平常還更淡薄了一些。

第6話　歸途

春天的夜晚還有些涼意。

因為酒精溫熱起來的身體，已經完全冷下來了。

從拉麵店出來之後，我懷著有些煩悶的心情踏上歸途。

我以為志乃原跟那月接下來應該會一起去哪裡逛逛。

然而當我看向身旁，卻一如往常地有志乃原相伴。

她感覺講話講得很開心的樣子，我不禁打斷之後問道：

「妳為什麼跟過來了啊？」

「好過分！」

面對我的提問，志乃原做出誇大的反應。

「我跟來啦。」

「妳是先跟那月約好的吧？一般來說會跟那月走才對啊。」

「我隨時都能跟那月去吃飯嘛～～」

「妳也隨時都能來我家吧。」

我這麼一說，志乃原嘖嘖地搖了搖手指。

「你真是不懂耶，學長。今天這一天在這段人生當中可只有一次喔。會想將如此貴重的一天用在能滿足自己欲求的地方，可是說非常自然的行為。」

「喔，原來如此。」

「不要敷衍帶過啦！」

我將剛才在便利商店買的蔬果汁，遞給揮舞著手腳以表達不滿的學妹。我也含著吸管，一口氣喝了一大口。

這給吃了不健康飲食的身體帶來一點一點吸收了營養的感覺。

多少排解了一點心情之後，我嘆了一口氣。

「我很喜歡學長家呢。」

「是喔。」

要兩個人共處一室是沒問題，但我家絕對稱不上寬敞。

出社會之後，就算是自己一個人住，我也想租個一房兩廳外加廚房的房子。

對於很喜歡待在家裡的我來說，現在這個家讓我不太滿足。

「很棒喔。家裡也很乾淨。」

「多虧有妳就是了。」

「這倒是。不過，比起這種事情，還是有著更明確的理由。」

「哦，是什麼？」

「因為學長也在同一個空間自在地放鬆！」

……這種話要是當真了可就沒完沒了。

我跟志乃原的關係和彩華的那種又不一樣，是因為我沒有認真把志乃原說的話當一回事才得以保持的，一種不可思議的關係。

正因為如此，平常我才會隨便帶過這種發言。

然而對於剛才察覺那月對自己抱持反感的我來說，出自好意的一番話讓我覺得比平常還要更加開心。

——我確實是個奢侈的人。

「謝謝妳啊。」

「……你怎麼了嗎，學長？」

志乃原張嘴鬆開插在蔬果汁當中的吸管，並抬頭看著我。我搖了搖頭，表達出「沒什麼」的含意。

但似乎是從這個動作察覺出了什麼，志乃原開口說：

「我先跟你說一件事喔。」

「嗯？」

「我覺得跟學長相處的時間比較開心。」

「……所以妳才會來啊，我剛才也聽妳這麼說了。」

「還不是因為醞釀出這種感性的氣氛，我才會再說一次啊！請你不要這麼冷靜地回應，再說點情緒化的話也好吧！」

志乃原一邊說著「真的老是這麼冷靜耶～～」，就走到距離我前方一步的地方。

因為比起跟那月一起，跟我相處的時間還比較開心，所以才會以我為優先。現在志乃原確實待在我身邊，也證明了這番話沒有虛假。

正因為如此，我才會不禁思索起來。

究竟是自己的什麼地方，讓志乃原抱持這樣的好感呢？

但絲毫不顧及我這樣的思緒，志乃原一股勁兒地轉過身子，並朝我問道：

「現在學長家的冰箱裡有準備食材嗎？」

「沒有那種東西喔！」

「為什麼你有辦法自信滿滿地秒答啊……」

應該是大致上想像了冰箱裡的狀況，學妹呼出一聲重重的嘆息。

我將至今的思緒先擺到一邊去，向志乃原辯解道：

「別嘆氣嘛，這也沒辦法啊。」

「這是沒辦法的事情嗎……」

志乃原沒有來我家的時候，我大多都是用便利商店的便當或是杯麵填飽肚子。

我當然也十分清楚自己下廚不但對身體比較好，也比較不傷錢包，但最近就是提不起幹勁。

自己一個人外宿之後，真的就更能深切體認到對家人的感激。

還有，對於會替自己做家事的人也是一樣。

「但是學長，要是你在我沒有來的時候也會買些食材放著，像今天這種時候我就可以幫你做點宵夜了耶。」

「……真的假的，早知道就買點放著了。但冷凍庫裡有冰可以吃喔。」

「吃完會冷所以不必了～」

志乃原一口回絕我的提議，並再次與我並肩走著。

看著學妹跟平常一樣對我很信任又親近的樣子，雖然不想承認，但確實讓我產生了些許莞爾的心情。

「學長，還是明天我來做早餐給你吃吧？」

「可以嗎？」

「當然，我也想跟你一起吃早餐！」

甚至沒在那月面前露出來的純真笑容。

以及表露出好感的發言。

一旦這些全都朝著自己而來，我反而無法率直地接受，不禁逃向得不出答案的無為思考之中。

面對這個學妹時，讓我確實產生了一種自覺。

——想接納他人的好意，也要有一定的器量才行。

而我就是缺乏這點，志乃原才會放心地窩在我家。

「……真難堪啊～～」

「咦？難道想吃早餐還需要理由嗎？」

「才不是！」

「你突然就喃喃說什麼真難堪，誰知道是什麼意思嘛！」

「這倒是抱歉了。」

一邊向她十分有道理的反駁道歉，我再次陷入了自己的思考。

加深了我跟彩華之間關係的過程中，發生過可以稱作「契機」的事情。

正因如此，跟彩華之間在我心中是一種得以理解的關係，而且也打從心底感到舒坦。

然而，跟志乃原之間並不存在像跟彩華那時一般的事情。

既沒有足以成為摯友的戲劇化發展，也沒有成為情侶時告白的儀式，就只是很親近而已。

兩人之間明明這麼要好，卻不知道理由是什麼。

或許，我正是因此才會困惑。

就算我自己也覺得這個想法有多無謂又或是有多無聊，我還是會不禁下意識去想——

——為什麼志乃原總是跟我在一起呢？

「志乃原，妳跟那月很要好吧。」

「對啊，打工的時候我們非常要好喔。」

「妳知道為什麼妳們會這麼要好嗎？」

志乃原像是無法理解我這麼問的意圖，只見她稍微歪過了頭。

「跟人變得要好需要理由嗎？」

「……如果只是普通要好，我也不會想這麼多啦。但對於特別要好的對象，就會有不一樣的想法呢。」

我避免明白指出自己在說的就是志乃原。

志乃原只在轉瞬間露出思考的動作，接著就開口說：

「嗯——我跟那月變好的原因是什麼啊？應該是因為很可愛吧。」

「咦？」

「……你那是什麼『這傢伙的腦子沒事吧』的表情啊。」

志乃原半瞇著眼噘起了嘴。

接著左右晃著身體，仰望起清澈的夜空。

「今天那月感覺比平常還更神經質了一點呢。」

「是喔。」

「打工時有很多客人來的時候，那月也會對工作效率比較差的其他工讀生展現得比較神經質。雖然絕對不會說出口，但大概是跟她親近的我會感受得出來的程度。」

「哦……」

「我啊，說穿了，很討厭那種情緒化的人。」

「咦！」

我發出了奇怪的聲音。

她完全沒有用「不太喜歡」這種婉轉的說法，直接說了討厭。

見我表現出這樣的反應，志乃原連忙擺了擺手。

「啊，請你不要誤會喔。我只是討厭情緒化的人，這並不代表我討厭那月。意思只是如果看到有陌生人做出這種反應，我就會不想靠近而已。」

「那妳為什麼會跟那月這麼好啊？」

「是在跟她變得要好之後，才知道原來她是這樣的人。但在跟一個人變成朋友之後，就連那些不喜歡的地方看起來也會覺得有趣。學長是不是也有這樣的經驗呢？」

……的確有這樣的經驗。

而且志乃原正是那個例子。

我不喜歡會逕自踏入我家這個私人空間的人。

要是自己的步調跟習慣被別人打亂，會讓我覺得非常討厭，也難以接受。

但我卻不覺得志乃原很討厭。

那就像志乃原所說的，是在跟她變得要好之後，才知道她有這樣的一面。原因不外乎是這段關係好到打破了我所建立起來的高牆。

一旦原諒了這點，就不難延續這段關係。

我現在跟志乃原的這份關係，正肯定了她的這番話。

「……也是呢。」

我這麼回應，志乃原便滿意地點了點頭。

「一旦跟一個人變得要好，我就會想要一直要好下去。」

「那元坂呢？」

我像是打馬虎眼地這麼問了之後，志乃原就嘟起了嘴。

「那是他先背叛我的。我可沒有濫好人到要對那種人繼續專情下去。」

以牙還牙。

好懂卻又有點難以捉摸的個性。

「我也有件事情想問你，可以嗎？」

她像是回想起來一般這麼說，我便簡短地給出「嗯？」的一聲回應。

「學長，你喜歡彩華學姊嗎？」

「噗！」

這麼突然的問題讓我不禁嚇了一跳。

志乃原也驚訝地大呼小叫。

「什麼！你、你真的喜歡她嗎？」

「才、才不是！我們確實很要好，但沒有戀愛方面的那種感覺啦！」

「但是……既然如此，學長也真是個怪人呢。彩華學姊真的非常漂亮喔。論外貌的話，說真的我覺得沒幾個人會比她還美。」

這倒是真的，我也這麼想。

我們從高中就一直相處至今，然而直到現在我有時還會不禁對她感到怦然心動。

要是有哪個男人，對於那傢伙無意間展露出女性化的一面能完全不動心，我都希望可以認識一下了。

我不得不承認彩華等級之高，因此對於志乃原這番話也只能坦率地點頭同意。

「或許吧。」

「……但要比起可愛的話還是我更勝一籌就是了！」

「妳是在比拚什麼啊！」

「因為學長認同彩華學姊，就是會讓我覺得很火大嘛！」

志乃原狠狠撇過了頭，並環起雙臂。

今天的巧遇讓我很明白，她們之間的關係沒有任何改善。

就算我問起理由，志乃原恐怕也什麼都不會說吧。

彩華也說過總有一天會告訴我，但她現在似乎也沒有要兌現這句話的意思。

……不過，我最近開始覺得不需為此著急了。

就算她們關係不好，也不會影響到我跟她們各自的來往。

「總之，就先別提彩華學姊了。結果學長究竟是想說什麼呢？」

我猶疑著要怎麼回答，但最後還是搖了搖頭。

「……我也不知道。」

會想問她「為什麼會跟我這麼要好」這種事情，只是一時鬼迷心竅而已。

應該只是這樣而已。

我這麼打了馬虎眼，志乃原也回以苦笑。

「什麼跟什麼啊～」

看著學妹這樣的表情，我含混地想著。

要是我將自己想知道的事情化作言語問出口，或許我們之間的關係會產生一些變化。儘管我也不知道是不是真的需要什麼變化。

「學長！」

「嗯？」

在自家已經映入眼簾的地方，志乃原像是想到了什麼點子而向我提議。

「我們現在去超市吧。我想吃個凱薩沙拉。也順便幫學長做一份吧。」

我暫時拋開直到方才的思緒，並點了點頭。

「好啊，謝啦。」

吃完油膩膩的拉麵之後，再吃點清爽的沙拉也不錯。更重要的是，這對單身的男學生來說，是個可以確保珍貴營養來源的好機會。

如果是志乃原做的料理，想必可以美味地吃進營養吧。

「走吧。今天也拜託妳嘍，大廚！」

「儘管交給我吧，今天也會讓你吃到讚不絕口喔！」

志乃原像在惡作劇般地笑著，又跑到我一步之前的地方去。

距離最近的超市，位在從這裡要先走經我家的前方。在志乃原會跑來我家之前，我都只會去便利商店，但最近去超市的次數越來越多了。

——忽然間，這刺激了我的記憶。

在跟志乃原相遇之前，也有一段時間很常去超市。是那傢伙第一次在我家過夜，然後就這樣住了一星期左右的時期。過去的那段幸福時光。

這時，一陣花香竄入了我的鼻腔。

一道熟悉的人影從電線杆的遮蔽處走了出來。

「你終於來了。」

受到刺激的那段記憶，莫非就是這場偶遇的前兆？

——相坂禮奈就站在我的面前。

第7話　前女友

「嗨。」

禮奈一副落落大方的樣子，如同我們還在交往的那時對我笑著。

我止住了腳步，緊盯著禮奈。

「……妳幹嘛啊？」

對於我的提問，禮奈帶著一樣的表情回應道：

「我是來見你的。」

「這種事看也知道。」

我想問的才不是這種事。而是妳究竟想來跟我說什麼。

然而，就連這點也是顯而易見。

「因為悠太，你都不回我嘛。」

即使如此，哪有人會突然間就跑來啊？

忍下想這麼說的心情，我嘆出一口長長的氣。

——又是那月跟她說的啊。

大概是她告訴禮奈我大概會在這個時間回來，讓她來我家附近等著的吧。

「不是喔。」

「咦？」

我抬起臉，只見禮奈帶著微笑這麼說。

「我只是一直在這裡等你而已。那月什麼事都沒跟我說。」

像是看穿我的想法的口吻，讓我產生了想回她幾句的心情，但我也忍了下來。

現在身邊還有志乃原在。她應該不知道眼前的禮奈就是我的前女友。

在把她捲入無謂的事端之前，我想先跟禮奈保持一段距離。要是有個什麼都不知道的女生在場，禮奈也很難跟我談些什麼吧。

我這麼想著，正想跟志乃原說一聲的時候，先開口的人反而是她。

「禮奈？」

聽見志乃原的招呼，我不禁僵在原地。

「妳為什麼會知道禮奈……」

禮奈一開始也像是感到困惑般歪過了頭，後來才睜大了雙眼。

「哇，妳是那時候的……」

禮奈這麼喃喃之後，垂下了眼神。

「這樣啊。早知道就該跟妳交換聯絡方式了呢。」

「禮奈，妳是——」

「我有些事想跟悠太單獨聊聊。可以請妳稍微離開一下嗎？呃，我記得妳是叫——」

「……真由。畢竟是一個多月以前的事了，也難怪妳不記得。」

志乃原有點語帶不滿地說著，表情也沉了下來。

「我多少有點察覺，也會離開這裡，但相對的請讓我問妳一個問題。」

「好啊。什麼事？」

「禮奈，妳是學長的誰？」

面對志乃原的提問，禮奈立刻答道：

「前女友喔。看樣子妳似乎已經聽悠太說過了呢。」

「最近才聽他說的。但我是直到現在才產生了無法原諒的想法。」

聽志乃原這麼說，禮奈微微點了點頭。

「這樣啊……真是個好學妹呢。那妳可以讓我們獨處一下嗎？」

她帶著嚴肅的語氣這麼說，就像在強調「我已經回答妳的問題了」。

志乃原可能無法反抗禮奈嚴肅的態度，稍微點頭示意之後，就離開我們身邊。

雖然超市就在志乃原前進的方向，但她應該是要回家了吧。

禮奈目送了志乃原的背影一陣子之後就開口說：

「悠太，你認識那麼可愛的女生啊。」

「嗯，總之發生了很多事。」

跟那個學妹熟稔起來的經過，很難對前女友開口。她要是知道志乃原常泡在我家的現狀，只會帶來壞處而已，一點好處也沒有吧。

也不知道禮奈是不是看穿我這樣的思考，只見她微微瞇細了雙眼。

「不過，我也沒資格對這件事說三道四吧。」

「是啊。」

跟志乃原完全無關。

畢竟禮奈應該是來跟我說關於劈腿的那件事。

「我們走吧，在外面也很難說話。」

「走是要走去哪裡？」

「旁邊那棟大樓好了。」

以旁人來說或許不太能理解的回答，我卻能明確知道她所指為何。

禮奈說的是有花店、咖啡廳以及卡拉ＯＫ進駐的，有點舊的住商混合大樓。我們還在交往的時候，去過好幾次那裡的卡拉ＯＫ。

「好。」

沒有拒絕的理由。拒絕之後要是她說想進到自己家裡，還讓我比較困擾。

我乖乖地跟在禮奈後面，並進到大樓。

走進入口處之後，電梯很快就來了，我們一起走了進去。

當門關上之後，在這個封閉的空間裡，禮奈也是不發一語。

「欸，也沒必要特別進到哪間店裡吧。」

當我總算這麼一問，禮奈隔了一點時間才回應道：

「悠太，要是被別人看到我們在一起的樣子，你也沒關係嗎？」

「這……」

「我這次可不想在談到一半時又被人打擾了。」

禮奈所說的應該是情人節派對那時，彩華中途介入的事情吧。

但就這點來說，唯有現在我也抱持相同意見。

我確實很感謝彩華那樣擔心我。但對我來說，這是總有一天要解決的事情。

我想自己一個人好好想想。

朝著亮起來的按鈕看去，只見上頭寫著Ｂ１。

——停車場感覺人才比較多吧。

我才正想這麼說，電梯就發出抵達目標樓層的聲音。

我無可奈何地跟上前去，才發現連通到停車場的大廳都沒有其他人在。當我為此感到費解時，禮奈便開口說：

「可以使用這個停車場的人，只有這棟大樓的住戶而已吧。我想應該不會有什麼人過來。」

「……原來如此。」

環顧四周，我們所處的地方大概就像寬敞了一點的等候室。打開門之後就是停車場了。

「就在這裡談吧。」

禮奈這麼說著，就在長椅坐了下來。

這裡只有兩張長椅，跟一台小巧的自動販賣機而已。

我從自動販賣機買了咖啡歐蕾，並坐到禮奈旁邊。

「你還是一樣喜歡喝咖啡歐蕾啊。」

「是啊。一星期要是不喝個三次就會覺得不太對勁。」

禮奈淺淺勾起了笑。

「都沒有變呢。你之前也說過一樣的話喔。」

禮奈說的「之前」，八成是我們還在交往的時候吧。

我並不是來這裡閒聊的。但一想到這段時間可能就是我最後一次跟禮奈像這樣坐下來好好談談的機會，就不想去糟蹋了。

「悠太，最近如何？學分之類的。」

「還行吧。不過現在還不知道能不能在三年級這一年當中修完畢業門檻就是了。」

「這樣啊，那就好。在還要上課的狀況下，好像很難兼顧找工作的事情，如果可以盡早修完就好了呢。」

「是啊。妳那邊的畢業門檻是要修完多少學分來著？」

「一百三十個學分。是說，悠太。」

「嗯？」

「用名字叫我嘛。」

我一瞬詞窮之後，就撇過了臉。禮奈看見我的反應，淺淺嘆了一口氣。

這讓我覺得是要開始談起正題了，便再次面向禮奈。

「抱歉。我忍不住就跑來了。」

聽見禮奈的道歉，我搖了搖頭作為回應。

「不，是我不好。一直都沒有給妳回覆。」

儘管已經下定決心要跟她見上一面，我本來打算今天要給她回覆的。然而，這也已經無所謂了。

既然禮奈都像這樣跑來我面前，她要覺得是我無視她的訊息也無可厚非。

「不會。光是能見到你，我就覺得很開心了。」

「……這樣啊。謝謝。」

跟禮奈共處的這段時間，比我想像的還更平靜。

自從我們分手之後，今天還是第一次像這樣在安靜的地方獨處，所以我還以為氣氛可能會更緊繃一點。

當禮奈真的出現在面前，我竟不會產生那樣的情緒，這連我自己都感到意外。

正題就是劈腿的辯解。

我還以為剛才禮奈會直接進入正題，但她遲遲沒有切入這件事，反倒聊起了無關緊要的事情。我跟她說話的語氣也和平常一樣。

跟禮奈分手之後，已經過了好幾個月。

像這樣兩人獨處說話時，雖然只有一點點，但也讓我產生了好像回到還在交往那時的錯覺。

對學生來說，一年這段期間就是這麼漫長。

「欸，我真的沒有劈腿喔。」

「……喔。我就是來聽妳這麼說的根據。」

太過平穩的虛假時光宣告終結。

已經夠了。

我跟禮奈的表情想必都跟剛才不一樣了。

「其實在交往期間，我有段時期參加了大學的選美比賽。」

我第一次聽說這件事，因此不禁費解地歪過了頭。

「選美比賽？我之前都沒聽說過這件事。」

「我馬上就撤回參賽資格了。因為在跟選美比賽有關的人當中，也沒有共同認識的朋友。」

大多選美比賽都會從參賽那時就開始透過社群進行拉票活動。而我會不曉得這件事，就代表她是在熱絡進行宣傳活動之前，就撤回參賽資格了吧。

「而且，我是在我們分手不久前參賽的。所以悠太你不知道這件事也理所當然。」

「……這跟妳說自己沒劈腿又有什麼關係了？」

禮奈露出了苦笑。

「悠太，你看到我跟別的男人牽手的樣子了，對吧。」

腦中再次浮現當時的光景。

在紀念日前一天，牽著手的那兩個人。

「是啊。我親眼看到了。」

只要一回想起當時的事情，我直到現在都還會覺得揪心。

我越是想忘掉，這件事就越深刻地烙印在腦海裡，甚至還會出現在夢境。

直到現在大概還會夢到這件事吧，只是我回想不起來而已。

或許禮奈的辯解可以替我抹去那副光景。

我也是懷著這樣的期待，才會踏入這棟大樓。

然而——

「對不起喔，你看見的光景並不是一場誤會。」

「咦？」

「跟我牽手的那個人既不是表堂兄弟，也不是遠親。他是選美比賽主辦單位的人。但我也不是有什麼把柄落入他的手中。」

在我腦中迸發的火光四散落下，並急遽地收束起來。

冷卻的腦內之中，我只感到失落。

「我確實是自願跟他牽手的。但只是這樣而已，我並不認為算是劈腿。因為——」

「只是牽手而已，不算劈腿啊。」

我也想過大概會是這樣的結果吧。

我之所以認為牽手算是劈腿，是因為那會讓人聯想到在那之後的事情。

然而，沒有任何可以證明在那之後還有沒有什麼行為的東西。只有當事人的想像而已。

因此去爭論有沒有這項事實並沒有意義，所以我才會選擇跟禮奈分手。

即使如此，說真的我還是抱有一絲期待。

我期待著可能會是「只是跟表堂兄弟開玩笑地牽手而已」之類愚蠢的理由。畢竟我也不想站在被劈腿的立場。

如果可能是一場誤會，那我也想攀附著那個理由。光是交往了一年這段期間的終點並不是劈腿這點，不知道就能帶來多大的救贖。

但禮奈自己否定了這個可能性。

對於現在的我來說，這樣就已經夠了。

「這樣啊。我知道了。」

我喝完咖啡歐蕾之後，就順手朝著垃圾桶丟去。

垃圾桶裡已經有滿滿的罐子，我還是硬塞了進去。

「咦！等一下啊。」

見我按下電梯的按鈕，禮奈立刻就站了起來。

「妳從之前就一直主張自己沒有劈腿吧。結果，那也只是對妳自己來說的結論而已。」

想朝我追上來的禮奈聞言便停下腳步。

「那時禮奈是跟誰在一起，在那之後又做了什麼，我已經完全不感興趣了。剛分手的時候我一直想著這種事情，現在終於看開了。」

聽我這麼說，禮奈只是低下頭來，這反而讓我覺得更失落。

「妳剛才說跟別人牽手是事實對吧。難道重點不在於我會怎麼看待這項事實嗎？」

——她在分手後還一直跟我聯絡，竟然只是為了這種事情。

怎麼樣才算是劈腿，對每個人來說都各有不同。

有人說發展到有肉體關係就算是劈腿，也有人覺得光是兩人單獨吃飯就是劈腿。

拉起這種曖昧界線的不是其他人，而是自己。

我看到她跟其他男人牽手的光景。

根據禮奈所說，那並不是一場誤會。而且，我認為那就是劈腿。

如此一來，這不就是一切了嗎？

「……妳也說點什麼吧。」

我催促著陷入沉思的禮奈。

電梯已經抵達地下一樓，門隨之開啟。

「……也是呢。看來，我都只想著自己而已。悠太，你說得對，對不起。」

儘管對於禮奈變來變去的態度感到有些困惑，我還是回應道：

「如果是出自什麼特別的原委，那狀況就不一樣了。因為有著這樣的可能性，我才會過來這裡。但並沒有吧……禮奈妳都這樣說了。」

「就算有什麼特別的原委，你也不會改變對於這件事的決定吧？」

禮奈向我這麼問了之後，就自己做出回答一般點了點頭。

「嗯，我覺得還是不會改變。因為你自己已經得出答案了嘛。或許悠太在心境上會有所不同，但無論我怎麼辯解，我們的關係都不會改變。這點我非常清楚了。」

——關係改變？

我對她這樣的說法覺得有點不自然。

我還以為禮奈是想針對劈腿這件事做些辯解，才會想跟我單獨談談。

難道禮奈是想透過這次見面改變跟我之間的關係嗎？

是想讓這段已經結束的關係，再次以某種形式展開嗎？

「也就是說，我只能從負的立場重來一次了吧。」

「什麼重來——」

「嗯。光是知道這件事情，今天就算是有收穫了。」

電梯門開始緩緩關上。

這句話說完之後，禮奈的身影就切換成了無機質的電梯門。

從關上的電梯門之外，只能聽見電梯向上的聲音而已。

在被隔絕的空間裡，我回想起禮奈最後露出的表情。

那看起來與其說是前女友，更像是——

◇◆志乃原side◇◆

先從住商混合大樓走出來的人是學長。

待在遮蔽處的我雖然沒辦法明確看出學長的表情，但不知道是不是我的錯覺，他似乎顯得有些困惑。

他究竟跟禮奈談了些什麼呢？

從學長的個性看來，我也有想過他會不會強勢地對禮奈說些什麼，不過看樣子似乎是沒有演變成那樣的局面。

——禮奈。

我也對於自己竟然記得只見過一次面的禮奈的名字感到驚訝。而且那個禮奈，竟然就是之前學長跟我說過的劈腿的前女友，更是雙重震撼。

她不記得我的名字讓我覺得有點像是自己一廂情願，也因此有些不甘心，但現在必須將這種瑣碎的心情壓抑下來才行。

我是為了跟禮奈談談，才會跟在他們身後過來。

幾分鐘後，禮奈也出來了。這附近已經不見學長的身影，我想他現在應該已經回到自己家裡了吧。

之後只要趕上超市打烊的時間，就可以去幫他做凱薩沙拉了。

我悠哉地想了這種事情，隨後便緊繃起情緒。

我完全不知道禮奈是個怎樣的人。我只知道她是會跑來見自己劈腿的前男友的一個粗神經女性。

一想到第一次見面時，她之所以向我搭話，說不定不是基於親切的個性，單純只是粗神經而已，就讓我覺得拉麵店的那件事像是被玷汙了。

我壓抑著越來越不爽的心情，繞到禮奈的面前。

「妳好！」

禮奈當然沒有想過我會現身，只見她「呀！」地發出輕聲的尖叫。

「真、真由，妳不要嚇我啦。」

「我有事情想問妳！」

我無視了禮奈的抗議，單方面地這麼質問道。

之所以會等到學長離開之後才現身，是因為就算手法多少會有點強硬，我也想從她口中問出回答。

「禮奈，妳為什麼會劈腿呢？」

這是當我從學長口中聽說這件事之後，一直抱持的疑問。

我也曾被遊動學長劈腿過。但這件事的理由很明確，因為他就是個花花公子。

而且也因為我一直都沒有答應他的要求。我很明白在交往好幾個月的這段期間，我都沒有讓他碰我的身體這件事，對於一個愛玩的男學生來說相當難熬。

所以儘管我對於他劈腿的事情感到氣憤，同時也覺得無可奈何。

但我很確定禮奈會劈腿並不是基於這樣的理由。如果禮奈跟遊動學長是同一種類型的人，學長就絕對不會跟她交往了。

所以，我很想知道。究竟劈腿的原因該算在誰身上？

又是基於怎樣的思緒才會劈腿呢？

思考了一下我的提問之後，禮奈才開口說：

「欸，真由。妳覺得怎麼樣才算是劈腿呢？」

「產生這種想法就算是劈腿了吧。」

聽我這麼說，禮奈睜圓了雙眼。

看來我的回答超乎她的意料，只見禮奈有些傷腦筋地笑了。

「這樣啊。那就算是我劈腿了，但悠太沒有劈腿呢。」

我無視了這個感覺會有很多種不同看法的回答，並再次向她問道：

「我覺得劈腿是一件最過分的事情，但妳是怎麼想的呢？」

「我也覺得很過分喔。不過，我認為有些劈腿的情形還有酌量的餘地。」

「……這很像是我前男友會說的話呢。我覺得有點失望。說到頭來，會劈腿的人終究還是同一副德性。」

直到分手之前，遊動學長也是不斷地這麼說。最後我根本沒在聽他解釋就直接分手了，但我認為學長傾耳聽了很多禮奈的想法。

所以他才會煩惱。然而，禮奈這個當事人卻秉持著應該跟平常沒什麼兩樣的態度，才更讓我覺得火大。

「妳喜歡悠太嗎？」

「咦？」

「我想說，真由妳是不是也喜歡悠太。」
她拋來一個完全無關的問題。
我想忽視過去，但不知為何一張嘴卻說不出話來。
禮奈像是從我的表情中看穿了什麼，揚起了微笑。
「這樣啊。妳喜歡他啊。」
「……我不知道算不算戀愛情感就是了。畢竟要是跟一個不喜歡的人相處，也只會徒增痛苦而已吧。」
朋友也是因為喜歡才會在一起。這是一樣的道理。
我也自知對於學長的好感跟對於朋友的好感並不是一樣的東西，即使如此，我也不知道這份情感能不能算是戀愛。
正因為不知道，我才會覺得跟學長相處起來很舒坦。
禮奈緩緩地點了點頭。
「也是呢，妳說得沒錯。」
「……我可以把話題拉回來嗎？禮奈，妳為什麼會劈腿呢？」
對於我的提問，禮奈用手指抵著太陽穴，發出了沉吟。
她露出幾秒沉思的樣子，這才終於開口回應我：

「這件事說來話長，妳願意聽我講嗎？」

「……聽是會聽啦。何況，這也是我提出的問題嘛。」

我給出這個回答之後，禮奈感覺很開心地說：

「這樣啊。真由，妳人真好呢。」

……這說法簡直就像在拿我跟誰比較一樣。

要做比較的話，對象會是誰呢？是不是我認識的人呢？

當我想著這種事情的時候，禮奈侃侃道來。

她用「前提是我劈腿的話」作為開場白這點，令我在意不已。

第8話　各自的戀愛觀

新生歡迎會的隔天，上了一段時間的課程結束之後，我獨自滑起手機。

今天還沒見到彩華。

她應該是跟系上的朋友一起去上課之後，就直接跟某個交友圈的朋友們一起玩了吧。

彩華似乎都有決定好一定程度的天數會跟我一起行動，除此之外的日子常會像這樣一次都不會跟她碰到面。

這對於現在的我來說，反倒覺得有點慶幸。就算彩華在身邊，也只會讓她產生無謂的擔心而已。

隨著滑過去的手指，智慧型手機也跟著做出反應，在顯示出社群網站的畫面上下滑動。

但是，我的頭腦無法吸收任何消息。

浮現在腦海中的，只有昨天那件事而已。

——跟禮奈的這場會面，和我之前所猜想的不太一樣。

她都說了那麼多次自己沒有劈腿，讓我以為她會準備等同程度的辯解。

然而實際一談才發現，結果還是沒有搞懂任何事情。知道的只有禮奈似乎看開了什麼而已。

留下來的也只是「那她至今所主張的又想表達什麼」，這個令人難以釋懷的疑問。

「……可惡。」

我打從心底覺得，早知道會產生這樣的心情，就不該跟她見面。

在我心中，禮奈的存在感越來越大了。

這讓我不得不覺得這正一如禮奈的打算。

那傢伙到底在想什麼？那傢伙究竟——

「幹嘛一臉要死不活的樣子啊？」

「唔喔！」

這聲招呼來得太過突然，讓我一時沒拿好手機。為了重新抓好正從手中滑掉的手機，我拚命揮舞著手。

接著，這陣轉瞬間攻防的終點，是一道柔軟的觸感。

「喂……」

當我因為這句細聲的呼喚而抬起臉時，只見彩華正盯著我的手。

我也跟著彩華垂下視線，眼前正是所有男學生的憧憬。

「……那個，該怎麼說呢……」

「你要怎麼做？就這樣放手嗎？還是乾脆賭上性命試著揉個一把也好？」

「非常對不起！」

我用盡渾身的力量往後退去，並低頭道歉。

在我頭低下來的瞬間，後腦杓就承受了一記強烈的手刀。這道衝擊幾乎讓我眼冒金星了。

「好吧，這樣就扯平了。沒被其他人看見真是太好了呢。」

彩華淺淺嘆了一口氣，環視著四周。

幸好待在樓梯轉角處的死角，其他學生看不到我們所在的地方。

差點就要在校內被人報警檢舉，這也讓我捏了一把冷汗。

「手機有沒有壞掉啊……」

我這麼說著，視線移向地上。手機正面朝下，看不出來螢幕現在是什麼狀況。

不同於傳統手機，每當智慧型手機掉到地上，我都會不禁感到很緊張。

因為螢幕有很高的機率會裂掉。

如果得修理螢幕，就需要花上一筆對學生來說不小的金額。

當我滿懷憂心地朝著手機伸出手時，彩華發出了看好戲般的聲音。

「欸，你先等一下。」

「咦？」

「我們來打個賭吧。要是螢幕沒有裂掉就請我吃飯。如果裂掉了也請我吃飯。」

「這種賭局不成立吧！」

「什麼嘛，你都摸了人家的胸部，卻連這點責任都不擔嗎？」

「那、那是因為妳突然跟我講話才會引發這種不可抗力……」

當我這樣含糊不清地找起藉口，彩華輕聲笑了。

「好啦。那要是你的螢幕裂掉了，我就請你吃飯。」

「這可是妳說的喔！」

我一聽到彩華這樣講，立刻就猛地撿起手機。

接著確認螢幕的狀況。

已經裂得粉碎了。

◇
◆

「不好意思嘛。」

「我、我的錢……」

智慧型手機上落下了細細的碎片。

我在腦中估算起修理螢幕所需的費用，要是從每個月的餐費當中扣除，可能好一陣子吃飯都不要配菜比較好。

「算了啦，只要不修理也用不著節約了吧。」

「不不不，去修理一下吧。這樣你也無法好好看個影片耶。」

「我還有一台網卡解約的平板，只要在家就能用。」

我本來就盡量讓自己不要在外面看影片。只要超出每個月的上網用量，有時通訊速度就會變慢，或是會追加上網費用等等，有各種麻煩的事情。

所以只要把螢幕裂掉這件事當作一次自律的機會就好……我只能這樣自己騙自己了。

「好吧，你自己可以接受的話是沒差啦。」

彩華點點頭，靠上了牆壁。

我看見她全身的打扮，這才發現彩華好像也在今天換成春裝。

米白色的上衣搭上灰色的開襟罩衫，全黑的寬褲底下可以看見一雙帶有高級感的高跟鞋。

初春穿的罩衫帶著絕妙的透膚感，些微透出了上臂的白皙肌膚。

「怎樣？」

「沒啦，只是覺得這身春裝很適合妳。」

「謝啦，你也不錯呢。」

「真的假的。」

跟平常一樣夾克加上貼身長褲的穿搭，任何人穿了看起來都會人模人樣的。如果是這種簡單又不會出錯的衣服，就連對品味沒有自信的我也很好選擇。即使是客套話也好，只要能到受人稱讚的程度就很不錯了。

「不過我也沒有『試著加入某些色彩』那種玩心就是了。」

「我覺得這種簡單的款式很適合你啊，維持這樣也不錯吧。」

彩華輕鬆帶過我的謙遜之後，便改用單手拿著手提包。

「你怎麼了嗎？」

「為什麼妳總是會知道啊？」

我這麼回問之後，彩華也勾起微笑。

「平常一起相處的人要是產生了什麼異樣，其實很明顯喔。當我裝作很有精神的時候也是被你看穿，你還安慰我對吧。」

她指的是聖誕節聯誼的那時候吧。

被元坂破壞了整場聯誼的氣氛之後，在我們回家路上好像也有說過這麼一回事。

這麼說來，我也是在那場聯誼上認識那月的。我們因為漫畫的話題聊得很起勁，在那之後透過彩華跟她交換了ＬＩＮＥ。

那個時候的那月，知不知道我是禮奈的前男友呢？會不會像是在情人節派對那時一樣，是打算牽繫起我跟禮奈才會靠近我的？

「彩華，我問妳。」

「嗯？」

「聖誕節那次的聯誼，那月也在場吧。妳有事先跟那月說過我會去參加嗎？」

「問這問題是什麼意思啊？」

彩華稍微歪過了頭，用手指抵著下巴。

「你可不要覺得不高興喔，但聯誼也有分很多種。我記得那次聯誼是會事先讓人看看參加者的照片而已。」

「我不記得妳有給我看過耶。」

「啊，抱歉。我想說你只是來湊人數的，應該沒差吧。」

「妳對我也太隨便了吧！」

「那時候你自己的興致也只是這種程度而已吧。」

「唔……」

我確實記得當時彩華約我的時候，我並不是很感興趣。

「這麼說來，妳最近都沒有約我參加聯誼呢。」

「當然啊。因為我也沒參加嘛。」

「哦，真難得。」

升上大學之後，彩華參加過好幾次聯誼，有時候還會擔任主辦。

當時我很困惑地想著她是真的有這麼想交男朋友嗎，不過現在回想起來，應該也是因為身處在自由的環境中，並感受著那種解放感吧。

「如果只是想要邂逅戀愛對象，也可以透過同好會或是其他同學朋友等等，多的是認識機會。所以仔細想想，才會覺得好像也沒必要特地去參加了。」

彩華這麼說完，接著輕咳了一聲。

「話題從剛才開始就一直被你扯遠了。」

她這句話，才終於讓我回想起自己問彩華的事情。

「我是那時候認識那月的吧。後來在歡慶考試結束的聚餐，還有情人節派對那時也是，我接到禮奈的聯絡都是那月在場的時候。」

「咦，為什麼？」

彩華睜圓了雙眼。

看她這樣的反應，我發現了一件事。

仔細想想，彩華應該不知道那月跟禮奈是朋友這件事。

我跟她說了之後，彩華也想通了一般點點頭。

「是喔，原來那兩個人認識啊……所以你才會猜想，那月之所以參加聯誼，該不會打從一開始的目的就是你，對吧。」

彩華話說至此，接著像是回想起來一般開口：

「這麼說來，你昨天也在跟那月聊天的樣子。」

「啊，但是——」

禮奈昨天說過，她並不是從那月那邊聽說了什麼。

如果她有事先問那月，那直接到會場外面等我應該更有效率才是，所以我覺得她這句話的可信度很高。

「這樣啊。你昨天跟禮奈見過面了吧。所以才會這樣一臉嚴肅的樣子。」

「咦！」

「從你現在的反應看來，肯定就是這樣吧。」

……靠直覺套我話是吧。

我最近開始覺得，自己好像不適合隱瞞事情的樣子。更何況身邊還有像彩華這樣敏銳的人，以後如果要隱瞞事情的話，得更加留心才行。

但就彩華來說，也沒什麼好對她隱瞞的就是了。既然被她發現了那也沒差，不用再拐彎抹角，直接坦率地說出來就好了。

「最近禮奈開始對我說她沒有劈腿。」

「情人節派對那時，她也是這麼說的呢。」

彩華摸著垂在上衣上的髮尾，用平淡的語氣回應道。

「妳怎麼想？」

「什麼怎麼想——」

彩華露出苦笑之後繼續說下去：

「我不太想這麼說，但當時我之所以會反駁禮奈，是為了站在你這邊喔。」

「咦？什麼意思？」

「因為，我根本不認識禮奈這個人啊。我只認識你，當然不可能做出客觀的判斷。」

這確實是非常合理的說法。

太多事情她都相當替我著想，所以在不知不覺間，讓我覺得依賴彩華引導出答案是理所當然。

如果這就是那月所說的「奢侈」，那傢伙還真是說中核心了。

「所以，我只能相信你而已。只要你說自己被劈腿，那我就會這麼想。相對的，你要是說搞不好她並沒有劈腿，那我也只能接受這件事。」

彩華從靠著的牆壁起身，簡短地說：

「因為，就這件事情來說，我是個局外人嘛。」

抬起頭來的彩華，看起來似乎露出了有些寂寞的表情。

但那只在轉瞬之間，下一刻，彩華就背對我了。

「不過，或許也沒辦法說是局外人，並完全撇清關係就是了。」

「就是說啊。我還在跟禮奈交往時，妳明明就沒有問，我卻還是跟妳說了很多事呢。」

聽我這麼說，彩華隔了一拍才回答：

「……對啊。」

彩華將手提包揹了起來靠在背上，並向前踏出一步。

「欸，彩華。」

「嗯？」

「妳怎麼了嗎？」

對於我的提問，彩華似乎輕輕地笑了笑。

「你這話也真奇怪耶。有心事的人是你吧。」

「呃，是沒錯啦。」

就跟彩華對我說的一樣。

即使是彩華再細微的變化，我也看得出來。

但與此同時，我也覺得彩華現在應該不想提起。

「算了算了。妳接下來有約嗎？」

換了個話題之後，彩華用開朗的聲音答道：

「我要去同好會啊。今天也有迎新的活動。」

「天啊，連續兩天喔。真是辛苦。」

「因為昨天是第一天，多虧了你，讓我撐過重頭戲了。我已經掌握到技巧，之後應該就不會那麼辛苦了吧。」

彩華用手撥開長長的一頭黑髮，並回過頭來。

「那我走嘍。」

「喔。」

我單手舉拳回應之後，彩華也揚起嘴角，走出了校園。

在彩華離開之後，只徒留下一種封閉的感覺，於是我也立刻朝著室外走去。

跟彩華分開之後，我總覺得不太想回家，便在鐘樓下方的長椅坐了下來。

這裡是在校內也很常被拿來當作會面地點的地方，但很可惜的是我並沒跟任何人有約。

只是打算一個人去看電影也好，並想在滑手機的時候找個地方坐下來而已。

我喜歡的少年漫畫原作改編的電影今天上映，為了在訂票畫面確認還有沒有空位，我滑著摔得碎裂的螢幕。每當大拇指沾到碎片就得弄掉，真的很痛苦。

「嗨～～悠。你今天也會來同好會吧？」

忽然間聽到有人叫我的名字，我便抬起頭來。

是藤堂。他提著裝了球鞋的鞋袋，朝我這邊走了過來。

原本是一頭淺色的暗灰頭髮現在換成了咖啡色，看起來給人的印象確實沉穩了許多。

「哦哦，這髮型很適合你嘛。」

「喔，看得出來嗎？我是為了在迎新給人安心感才染的。」

藤堂輕聲笑著這麼回答。

原本染成暗灰色的髮色也很時髦，但對於剛從高中升上來的新生來說，或許有點太刺激了。

更何況還是同好會代表的髮色。

被認為這個同好會聚集了許多很有精神的人是不錯，但應該還是覺得這樣的髮色不適合「start」吧。

「真不愧是代表，是以同好會形象為優先吧。」

「沒錯。這樣的代表再問你一次，今天就當作你會來參加同好會活動，ＯＫ嗎？」

對於藤堂的提問，我甩了甩空空如也的雙手回答：

「如你所見，我今天沒有帶球鞋。」

「你又想借用我們的血汗稅金買來的球鞋喔。是說你這個月有繳同好會費了嗎？」

我對著像是突然想起這件事而這麼問道的藤堂豎起了大拇指。

「之前參加練習時就繳嘍！」

說真的，要連之前沒有參與的那幾個月費用都一次繳清，讓我感到很沉重，但在此還是要以藤堂的面子為優先。

藤堂對我露出苦笑作為回應。

「你是在得意什麼啊，這是理所當然的吧。所以說，你要來嗎？還是不來？」

「應該不會去吧。」

「我想也是～～你感覺就沒有要來的樣子。真可惜。」

「可惜？為什麼？」

我至今也很常拒絕藤堂找我去參加同好會活動的邀約，但這還是第一次被他說可惜。

可能是有什麼我不知道的事情，問出口之後，藤堂接著感覺很開心地揚起了嘴角。

「在今年可能會加入的學生當中，有個很可愛的女生喔。」

「咦，真的假的。但你有女朋友吧？」

「有是有，但這是兩碼子事吧。身為代表，我也想盡可能提振大家的士氣啊。」

「是喔是喔。」

我這麼竊笑之後，藤堂也笑了出來。

一講到女朋友的話題，他就會比平常還更會找藉口，實在很有趣。

「你之前交女朋友的時候，也很常跟彩華同學一起行動吧。女朋友跟朋友，還有女朋友跟學姊學妹還是不一樣的啦。」

「這——」

我才正想反駁，就閉上了嘴。

我確實可以接受女朋友跟朋友是兩碼子事這樣的想法。

要是每次交了女朋友都要跟朋友保持距離的話，萬一分手之後身邊就誰也不在了。

而且「朋友」本來就是一種很廣義的分類。

我想起私人往來的，直到剛才還在聊天的彩華。

就算我之後交了女朋友，也不太想跟彩華保持距離。

我當然不至於會再跟她單獨去旅行，但要是對我們這段關係有什麼怨言，我甚至會覺得很煩燥。

女朋友有女朋友的好，而且就算彼此是以情侶關係在交往……

跟彩華之間的關係所帶來的好，也不會因此消失。

要享受在各自的關係所產生的幸福，難道是一件不被原諒的事嗎？

人與人之間的來往，會受到彼此契合度很大的影響。

我不得不覺得要刻意跟合拍的人保持距離會有些可惜，但也不是所有人都抱持這樣的價值觀。

但至少藤堂除了女朋友之外，也想跟女性朋友開心地相處的這種想法，我覺得跟我的價值觀很接近。

「——確實是不一樣吧。」

「對吧。我對女朋友很專情，但同好會也是要玩得開心啊。」

藤堂露出爽朗的笑容這麼說。

帥氣的面容、高社交能力，而且打扮也很有品味。

我知道兼具這些優點的藤堂，有段時間很受同好會女生們的青睞。

但藤堂常會說些他跟女朋友之間感情很好的事情，這種不能靠近的氣氛也有傳達給那些人，所以從來沒有劈腿過。

正因為知道他這部分誠實的本性，我也能相信藤堂所說的話。

「那我們就去平常那個地方吧。」

「嗯？」

「吸菸區啊。最近我們很少一起抽了耶。」

藤堂用大拇指朝著吸菸區的方向比了一下。

是二年級下學期的考試前，彩華陪我去的那個吸菸區。

「喔喔……我戒菸了耶。」

「咦，真的假的？」

藤堂發出了驚呼。

我會開始抽菸也是受到藤堂很大的影響，或許先跟他說一聲會比較好。

「不好意思了。之前彩華說很不適合我啊。」

我伴隨嘆息這麼說了之後，藤堂露出了感到認同的笑容。

「哈哈，確實滿不適合你的。」

「這點好歹否定一下吧！」

一想到不適合抽菸的自己花了大筆的錢在那上面，就不禁感傷了起來。

這個戒菸過程之所以沒那麼辛苦，理由或許就在於此吧。

想透過吸菸追求的事物人各有異，說不定對我來說，那只是一句「不適合」就會讓我想戒掉的事物而已。

「不過，我還是可以陪你去抽啦。」

「哦，好耶。我女朋友也叫我戒掉，乾脆這次抽完就戒菸好了。」

「就這麼辦吧。可以省下很多錢喔。」

我沒有完全掌握藤堂抽菸的量有多少，但一個月肯定有花上一萬圓左右。

一年就有十二萬圓了。有抽跟沒抽真的差很多。

更何況女朋友都說希望他戒掉了，禁菸的話也是一石二鳥吧。

當我想著這種事情一邊走向吸菸區時，手機傳來訊息通知的音效。

我先改成靜音模式之後才確認了訊息，是志乃原傳來的。

看來她今天好像在這之後都沒事了，希望我可以帶她去個什麼地方的樣子。

這個時機正好，剛才決定要去看電影，或許可以找她跟我一起去。我一邊這麼盤算，打開了吸菸區的門。

菸味直竄鼻腔。

這股嗆鼻的氣味，不知為何帶給我一種安心感。

就算現在已經禁菸了，這種感覺還是沒變，也意外讓我的心情平靜下來。

「要是害你的夾克染上菸味就抱歉嘍。」

我搖頭回應藤堂的道歉。

「這點小事沒差啦。只要噴個除臭劑就好啦。」

「有差好嗎？要一個不吸菸的人來陪自己，先道個歉才合乎禮儀吧。」

藤堂這麼說著，就從針織外套的口袋中拿出一包菸跟打火機。

這麼說來，彩華陪我抽菸時，從來沒有說過會染上菸味這種事。

「悠你不抽菸之後，我可就寂寞了呢。」

「哎，這也沒辦法嘛。」

既然不適合自己，那也沒轍。

「對你來說，彩華同學的一句話真的很有分量呢。」

藤堂在菸頭點了火，吐出灰色的氣息。

這個動作看起來相當帥氣，讓我在心裡想著，或許這傢伙就算不禁菸也沒差。

◇◆

陪藤堂抽完菸之後，我跟志乃原會合，並一起走在購物中心當中。

在附近規模最大的這間購物中心裡，甚至還有電影院之類的設施。

「哎呀～～我也剛好想看電影呢。」

「先說好，我可不會陪妳看妳想看的電影喔。」

「什麼！哪有這種道理！」

我剛才就已經決定好要看少年漫畫改編的那部電影了。

志乃原則是在那之後才約我出來，所以現階段我並不想改變自己的計畫。

「難得我們都一起出來了，就一起看電影嘛～～」

「如果妳要跟我一起看我想看的電影，倒是沒差喔。」

「咦～～你絕對是要看漫畫改編的那部電影吧～～」

從牆上羅列的看板之中，志乃原眼明手快地指了出來。

志乃原看了許多我家的漫畫而受到影響，應該已經變得相當喜歡漫畫了才是，但她現在似乎還沒要看那部作品的樣子。

「不然妳又是想看什麼？」

我這麼一問，志乃原做出思量的動作之後，就選了一部有著「我想把你捲入我的戀愛觀裡！」這種可疑片名的電影。

「喔……這麼說來，妳之前很在意自己的戀愛觀是不是有所偏差吧。」

那是一月下旬的事了。

當時在我家看戀愛節目的志乃原，問過「我這樣是不是有所偏差啊？」這種事。

那時候我送了生日禮物給她，接著就因為彩華來訪而讓這段對話不了了之就是了。

不知為何，那個時候志乃原說出口的話，在我腦中留下深刻的印象。

「我有說過那種事嗎？」

志乃原笑咪咪地這麼反問回來。

我不禁嘆了一口氣。

「妳有說過啊。雖然被元坂劈腿，但妳也只是想體驗看看情侶般的事情才會跟他交往，所以並沒有感到受傷。然而卻——」

「卻一直被朋友安慰覺得很心累的那件事吧，我想起來了啦，請不要讓我回想起這件事啊，學長你很壞心眼耶！」

志乃原握拳輕輕揍著我的肩膀表達抗議。

真不知道要是肩膀有感情的話會怎麼想。我腦中閃過這種打從心底怎樣都好的想法，就甩了甩頭拋開這種思緒。

「那假設我有說過那樣的話好了。」

「妳都承認了為什麼還要收回那番話啊，不是回想起來了嗎？」

「我已經忘了。」

「太快了吧！」

我忍不住喊出穩紮穩打的吐嘈。

就算對志乃原來說是一段想盡快忘懷的記憶，很可惜的是我大概還會記得好一陣子。

「反正我已經決定好要跟學長一起看那部電影了啦！」

「什麼，我才不要。」

「看、看你真的這麼不願意的樣子，我也覺得很打擊耶……難得我都想說要買熱狗跟爆米花給你吃了。」

「妳這招也太惡質了吧！那就去看吧！」

「因為這樣就答應去看了啊……」

志乃原做出有點傻眼的反應。我並不覺得讓學妹請客是一種屈辱。對於智慧型手機的螢幕摔個粉碎的我來說，才沒有去想那種事的從容。

於是，我就決定去看至今從來沒有接觸過的類型的電影了。

感覺已經像是付電影票的錢吃東西一樣。

我朝著身邊開心又歡騰的志乃原瞥了一眼。

——這種事偶一為之或許也滿有趣的。

一邊接過印出來的電影票，我產生了這樣的想法。

——現在回想起來，那或許真的是我的初戀。

我不知道喜歡上異性是什麼樣的感覺。

當然，這是就戀愛層面來說。

雖然我高中念的是女校，但也不是都沒有男性朋友。

中小學的時候也跟大家一樣有男性朋友，高中隨著社團活動遠征時，也跟其他學校的人處得不錯，彼此之間還會保持聯絡。

但那並不是戀愛。

儘管一直都抱持著興趣，但我覺得硬逼自己去戀愛也不太對，所以就等著自己哪天自然而然地喜歡上異性，卻在不知不覺間到了快要成年的年紀。

——就在這時，終於出現了。

我認真喜歡上的人。

我希望對方也能喜歡上我的人。

他既不像我小時候在夢想中描繪出的白馬王子，也不是國中時喜歡過的那種偶像。

當他聽我說話時的反應、舉動，以及散發出的氛圍，還有我們心靈之間的距離。

這些全都讓我感到非常舒坦，就在我想更加了解這個人的時間點，他向我告白了。

說真的，他跟我至今想像中的理想男友完全不一樣。

但他讓我欣喜到覺得這個人就是我命中注定之人，光是這樣就夠了。

於是我非常樂意地答應跟他交往了。

◇◆

「要是真的有被命中注定之人告白這種好事，誰還受得了啊。」

「那妳為什麼要看這部電影啊……」

我覺得很沒勁地將包裝紙丟進擺在出入口附近的垃圾桶當中。

畢竟現在是平日的下午三點，觀眾只有零星幾個，在能聽見志乃原說的感想的範圍內並沒有其他人在。

我看了一眼入場時拿到的傳單，只見那個漫畫改編的電影好像還有附贈品，早知道還是看那部就好了，這讓我不禁嘆了一口氣。

但反正也吃撐了肚子，算是優缺兩相抵吧。

「我平常也不太看戀愛類型的電影，但想說如果是跟學長一起，應該會滿開心的吧。」

「那感想如何？」

「我們快點去吃可麗餅吧！」

「覺得不怎麼樣啊……」

我們站上手扶梯，漸漸向下而去。

電影院位在七樓，中庭挑高的設計讓我們可以從手扶梯上眺望到一樓。

可以在平日的這個時段跑來購物中心閒晃，總覺得有種特別感。

高中以下的學生這時候還正在上課，社會人士也都正在上班吧。

「這麼說來，妳至今有打從心底喜歡過誰嗎？」

「有啊。雖然是國小的時候。」

「果然也只是這種感覺啊。」

「不要小看我好嗎！」

志乃原猛揮著手表達抗議。

我也不是在小看她。

只是她第一次交到的男朋友是元坂，而且原因還是想經歷一些情侶體驗。

雖然我從來沒有問過她不斷拒絕許許多多告白的理由，但恐怕不是因為眼光太高，而是就像那部電影中的女主角一樣，對於談戀愛的動力原本就很低吧。

說穿了，要是眼光很高，她也不會泡在我這種人的家裡。

總覺得彼此合得來，而且還會給她某個契機。

說不定也有這樣的對象正等著志乃原。

「那學長呢？初戀是在什麼時候？」

聽到志乃原的提問，我拉回了思緒。

「我嗎？小二之類的吧。」

「那個時候有什麼喜歡上一個人的基準嗎？」

「我也忘了，但總覺得就是喜歡上最可愛的那個女生吧。」

「竟然嗎，那你為什麼會對我這麼壞啊？」

「誰知道，搞不好是基準改變了。」

小時候的基準應該不是有著漂亮五官之類客觀的要素，而是端看有沒有觸碰到自己心弦而定吧。

簡單來說，像是自己覺得班上最可愛的人。

這種「可愛」並不只是長相，還包括了聲音、動作等等各種方面的感受。

還在念小學的時候，當然只會有這種主觀的觀點而已。

但到了這個年紀，也會在意更多其他的事情。

有了比小時候看得更遠的視野之後，也會不禁開始重視那些客觀的要素。

出了社會之後，或許這點又會更加顯著。

對方從事的工作、年收入等等，在跨越許多門檻之後交往的對象，真的能說是命中注定之人嗎？

雖然戀愛這種事想得太複雜也無濟於事，但就這方面來說，電影中的女主角還真教人欽羨。畢竟她只是靜靜地等著，那什麼命中注定之人就現身了。

「那學長現在的基準是什麼？」

志乃原一邊這麼說就走下手扶梯，並於擺在有些偏遠的沙發坐了下來。

「不吃可麗餅嗎？」

「稍微休息一下～～」

「看電影的時候一直都坐著吧……」

「那個椅子很硬啊！所以說，現在的基準是什麼！」

「咦～～基準喔。」

我自己也不是很清楚現在的基準是什麼。

當然也是有著理想，但那太不切實際了，雖然可能不至於，但我要是以那個為基準，大概一輩子都交不到女朋友。

順帶一提，我的理想是有錢又心胸寬大，而且兼具美麗與可愛的大姊姊。

要是跟彩華說，她一定會冷笑一聲，但這世上應該還是有一定程度的男人會對此產生共鳴吧。

然而，那終究只是理想。

明知那在現實當中是不可能的，但只是抱持著一絲希望不願放棄而已。

「總覺得學長會想出很廢的事……」

「才沒有，我只是抱持著夢想而已。『抱持夢想的男人』好像很不錯。」

「聽起來是不錯啦。只是聽起來不錯而已。」

「煩死了，不要講兩次啦！」

若要講到並非理想而是基準的話，就連我自己也不是很清楚。

我放棄得出一個自己可以打從心底接受的結論，只說了「是不是很會下廚吧」。而且這對我來說，也確實是基準之一。

「這確實很像是學長會有的基準，也讓我鬆了一口氣。」

這麼說著，志乃原勾起了笑容。

「是嗎？」

「對啊。升上大學之後，因為隨便的理由就交往的人絕對增加了許多吧。比起這種原因，學長的基準好太多了。雖然我也沒資格說別人啦。」

「確實沒資格呢。」

「拜託你不要認同好嗎！」

不管噘起嘴的志乃原，我再次陷入思考。

志乃原說，升上大學之後，會因為隨便的理由就交往的人變多了。

然而，我自己並不覺得這一定是件壞事。

確實有些事情不交往也看不出來，判斷出一個人作為戀人是好是壞的期間，我覺得越短越好。

但這終究只是我的想法而已。

並不是所有人都能接受，尤其彩華肯定會對這種想法抱持抵抗。

「不過，升上大學之後情侶確實也增加了呢。」

「想必有很多不是情侶就無法開心體驗到的事吧～～」

情侶增加的原因之一，應該也在於從教室這個封閉的庭院中得到解放吧。

整年都在教室這個狹窄的空間當中，跟同年的人一起度過。現在想想可說是個特殊的環境。

正因為大家都認識彼此，關於戀愛的謠言傳播速度也快得異常。可見大家就是對於其他人抱持這麼大的興趣。

但相對的，在大學當中，會對別人的戀愛抱持興趣的人並不多。

大家只會對雙方都是認識的人之間的戀愛有興趣，如果其中一個是不認識的人，興趣也會跟著變得淡薄。

不感興趣這點有時會讓人悲傷，但有時也讓人覺得很舒坦。

就這個層面來說，大學也能算是個讓人覺得很舒適的地方。

「志乃原，妳會羨慕情侶嗎？」

我這麼一問，志乃原搖了搖頭。

「現在完全不會了呢。多虧有學長，我現在過得很開心，所以覺得很滿足喔。」

志乃原這麼說著就揚起嘴角

坐在沙發上的志乃原抬起頭來，這讓我不禁撇開了視線。

我覺得能直率地對人說出自己的心情是志乃原的魅力，但同時也是會讓累累死屍增加的一種行為。

「這種話妳可別對其他人說。」

我這麼忠告，卻沒得到回應。

當我再次看向志乃原，只見這個學妹愣愣地張著嘴，還不知為何紅著一張臉。

「這、這就是學長的獨占欲……」

「才、才不是！」

我不禁強烈地做出否定之後，也讓志乃原咯咯地笑了起來。

……在她還會像這樣捉弄人的時候，志乃原的那什麼命中注定之人應該不會出現吧。

我一邊想著這種事，大嘆了一口氣。

◇◆

用掛著雪豹鑰匙圈的鑰匙打開了自家大門。

看完電影我們又隨處閒晃之後，太陽已經西沉了。

在小巧的玄關前脫下鞋子並打算走進家裡時，就被身後傳來的聲音拖住了腳步。

「學長，鞋子要擺好啊。」

「啊，抱歉。」

我轉過身，將鞋子朝著家裡的方向擺整齊。

拜訪別人家的時候將鞋子擺好是最低限度的禮儀，但回到自己家裡時總是會不禁偷懶。

「做得很好喔！」

「就算因為這種事被稱讚也不會多開心吧～～」

我露出苦笑回應笑咪咪的志乃原。

要是我沒有擺放整齊，志乃原就會代我做到好。

正因為這個學妹基本上會負責完成我不做的家事，要是連簡單的小事都不自己做就太對不起她了。

就算本人強調「我是自願這麼做的！」也不太好。

……但要是睡意正濃的時候就另當別論了。

「學長，你快點進去啦！」

「不用妳催～～」

我被她輕輕推著背進到家裡。

要用像志乃原這樣的情緒踏入自己房間，難度還真的有點高。

「學長，我們來做點有趣的事吧！」

「妳啊，這種事要在回家前就先說啊。要是我們人在外面就有地方可以去了。」

「所以說～～我的意思是來做些只有在家裡可以做的事嘛！學長有夠遲鈍耶！這樣真的不行啦～～」

「妳的標準突然變得太嚴格了吧！」

「才沒有呢。好啦好啦，我們一起下廚吧，學長。」

志乃原將外套掛上衣架之後捲起袖子。

儘管這個突然的要求讓我感到困惑，反正確實還有時間，於是我也跟著她一起動作。

看了一下冰箱，裡頭四處擺放著志乃原買來囤的各種食材。

「現在要煮什麼？」

聽我這麼問，志乃原便揚起嘴角。

「來做個薑燒豬肉當小菜，在家配酒吧！」

「妳還未成年吧。」

「在家裡就不用確認年紀了吧～～！」

志乃原憤憤地向我抗議。

「這不是重點吧。法律上就是這樣規定的啊，法律。」

其實大學一二年級的學生中多的是會喝酒的人，事到如今才說這是兩碼子事也太遲了。

我也知道這算是從以前就傳承下來的一種文化。

所以我不想讓志乃原在自己家裡喝酒，是基於其他的原因。

「……突、突然這樣盯著我看是怎樣？」

感覺有點害羞地撇開視線的志乃原，真的格外可愛。

要是去參加聯誼，男生們一定會先以志乃原為最高目標，然後一個個被擊沉吧。

要跟這樣的志乃原單獨喝酒，感覺有些事情就會有點難耐。

就算是我——也是會有難以用理性壓抑下來的時候。

酒這種東西，會弱化人心架構起來的理性高牆。憑著欲望行動也是人性的一面，有些時候拋開理性反而會讓事情朝著更好的方向發展。

但現在的狀況並非如此。我很清楚會造成背叛這份信賴的結果。

所以年長的我不能允許這種事情。

「不可以喝喔。」

「……好啦～～」

志乃原一臉不甘願的心情表露無遺地這麼回應。

看她實在答應得太不甘願，於是我一邊開著冰箱補上了一句：

「妳二十歲之後，看是想要怎麼喝我都會陪妳啦。」

屆時就沒有理由拒絕，因此確實是只好陪她喝。

在這個小惡魔明年生日之前還有好一段時間。也就是把問題延後處理。

「那還要很久耶～～我是會忍耐啦……」

「哈哈，很了不起喔～～」

「就算因為這種事被稱讚也不會開心啦……」

志乃原做出跟我剛才一樣的反應之後接著說：

「不然好歹也請你摸個頭吧。」

「咦……」

「為、為什麼一副嫌麻煩的樣子啊？如果是其他男生絕對會立刻動手喔！絕～～對！」

「但妳平常不會要那種男生摸妳的頭吧。」

「是沒錯啦，但不是這個意思啊！」

見我皺起眉間，志乃原就飛撲到床上，雙腳還胡亂拍打了起來。

多虧志乃原平常都將我房間打掃得很乾淨，即使她這樣鬧也完全沒有掀起塵埃。

只要不是離家好幾天都沒有回來，就能一直保持這個狀態。
在家事方面，我真的受到她很多照顧。
自從我們認識之後已經過了好幾個月，志乃原依然頻繁地跑來我家。
當志乃原迎接下一次生日時，我們究竟會是什麼樣的關係呢？
儘管只認識了幾個月而已，但一起度過的時間很長，跟其他人比起來也緊密得多。
換作是他人，在這種狀況下就算會產生很大的變化也不奇怪。
像是前女友禮奈。
自從我們認識到交往為止，並沒有經過太久的時間。
但我跟志乃原之間的關係，至今還沒有迎來巨大改變的預感。
志乃原確實很好親近，在短得驚人的時間內就跟她變得要好了。或許這也成了一個遠因，讓我們之間的關係跟剛認識的時候相比幾乎沒什麼改變。
——不，也不完全是這樣吧。
我立刻重新審思剛才得出的結論。
當我說就算抱持著信賴，但跟要說些深入的話題又是兩碼子事的那一天。
在那之後過了幾個月，儘管有著一個契機，但我還是跟志乃原說了自己跟禮奈的關係。
我說出了之前對她隱瞞的事。

我們之間的關係，確實有一點一點在改變。

雖然還不知道這樣的關係會朝著什麼方向發展，但一定會是令人發笑的結果吧。

「學妹攻擊！」

「噗呼！」

枕頭直接打到我的臉，讓我不禁發出傻憨的聲音。

腳背上傳來枕頭掉下來的感覺。

「欸，學長，我下次可以再來你家過夜嗎？」

「為什麼丟完枕頭之後妳下一句會若無其事地拜託？妳的思考邏輯是怎樣啊？」

「啊哈哈，討厭啦學長，竟然誇我有神祕感～」

「不要解釋得這麼好聽！我絕對會報仇雪恨。妳要是睡著就別以為能再醒來。」

「學、學長壞掉了……」

「妳憑什麼退避三舍啊！」

我將落在腳背上的枕頭往上踢去，接著就走向廚房。

若要繼續搭理那個學妹，我覺得自己可能會先累死。

「那就決定下次再來過夜嘍。」

跑來我身邊的志乃原開心地笑了開來。

「為什麼一副這麼開心的樣子啊？」

「咦～～因為很久沒來過夜了嘛！」

才想到她也來這邊住過好幾次，但仔細想想志乃原每次睡在床上都是白天的時候。

這麼一想，志乃原會這樣拜託，應該也是姑且想確認一下我的反應吧。

要是我做出感到厭惡的反應，志乃原又會跟平常一樣抱怨個幾句之後，就表現得像是沒被拒絕過一樣。

而這次是因為我沒有拒絕，她才會覺得很高興。

雖然只是一件單純的事情，但讓我莫名害羞了起來，我便打著馬虎眼地打開了釘在牆上的櫃子。

裡面應該放有一些廚具之類的東西才是，現在卻沒看到。

「煮飯要用的東西都放在這邊喔。」

志乃原打開位在下方的收納櫃之後，只見裡頭擺著滿滿的廚具。還有幾個我從來沒有印象的東西混在裡面，讓我不禁睜大了雙眼。

「放在上面會很難拿，所以我就改放到下面的收納櫃了。」

「這點是很感謝妳啦，但好像多了很多東西。」

「我補了幾個當我煮飯時會想用上的東西。不過這也是滿久以前的事了。」

志乃原一邊說著就露出有些傻眼的笑。

「現在這樣就讓我非常清楚，當學長自己一個人在家時都完全沒有踏入廚房呢。」

「沒辦法啊，比起自己煮的東西，便利商店的便當好吃多了。」

當然還是盡量不要每天都吃便利商店的便當比較好，但沒辦法，那就是很好吃。不過志乃原頻繁地來我家，偶爾也會煮些東西放著的狀況又另當別論了。

我敢說自己比以前還要健康許多。

「你只是嫌麻煩吧？」

「這點我也無法否認。」

聽了我的回答之後，志乃原便嘟起了嘴。

雖然是脫口說出來的話，或許這時候還是坦率地道謝會比較好。

「那請問這位怕麻煩學長跑來廚房做什麼呢？」

「我想說來跟妳一起煮薑燒豬肉。雖然不喝酒，還是可以一起吃吧。」

總覺得要在這個狀況下道謝也太害羞了，我語氣生硬地這麼約了志乃原。

我不知道這樣是不是可以讓她心情轉好，便朝志乃原瞥了一眼，卻完全跟她對上視線。

「真是不坦率耶！」

「少囉嗦。」

「呵呵，好啦～～」

志乃原開心地露出笑容之後，動作熟練地將廚具跟食材一一放到流理臺上。

大概是多虧漸漸累積起的一起相處的時間吧。

最近立刻被志乃原察覺我的真心的次數變多了。

真不知道是因為我的個性本來就很好懂，還是志乃原太聰明。

不禁心想恐怕是這兩個原因都有，我嘆了一口氣。

要承認這兩件事讓我覺得有點不爽，所以我沒有說出口。

——不過，這樣的感覺也還不賴。

稍微沉浸在有人理解自己的舒坦感受裡之後，我也為了幫忙料理而打開了冷凍庫。

從中拿出來的豬肉正好是今天到期。

◇◆

志乃原煮的薑燒豬肉真的是極品。

豬肉柔軟到令人難以想像是用當天到期的食材去做的，那種幸福感甚至在我洗盤子的時候都還延續著。

雖然是從自己一個人外宿之後過了一陣子才開始有這樣的想法，但親手做的料理真的不管吃幾次都會覺得很好吃。

當然志乃原的好廚藝也占去了很大的原因，但我甚至懷疑自己住在老家的時候，吃完可能也沒有產生這麼幸福的感受。

應該是當時對於親手做的料理所懷抱的感謝之心不足吧。畢竟就算什麼事也不做，料理都會自動端上桌。

「每次真的都煮得好好吃，謝謝妳。」

「嘿嘿，每次煮飯給學長吃的時候你都會稱讚我，讓我覺得很有成就感呢。」

志乃原一邊開懷地露出笑容，一邊洗著碗盤。

「這些東西我來洗就好了，妳去看個漫畫也好喔。」

「咦～～但兩個人一起收拾比較快嘛。」

「要是連這點事情都不自己做，我會覺得很過意不去啊。」

我這麼說完，志乃原也揚起嘴角。

「我是自願這麼做的呀。學長你就跟平常一樣，去陽台倒立一下也好喔。」

「我有做過那種事嗎？要是有，妳可以阻止一下嗎？」

聽了我的回答，志乃原咯咯地笑了起來，並將最後一個盤子遞了過來。

「那這就麻煩你嘍。」

「ＯＫ～～」

接過盤子之後，我用擠了洗碗精的海綿洗掉髒汙之後沖過清水。要是能有一台具備乾燥功能的洗碗機就會輕鬆多了，很可惜的是學生住的便宜租屋處裡並沒有那種東西。

用厚布巾擦乾盤子上的水滴之後，志乃原從身後向我搭話道：

「學長，我可以問你一個問題嗎？」

回過頭，只見志乃原正坐在矮桌前面。

「問得這麼客氣是怎麼啦？」

「是關於禮奈的事情。」

正在擦盤子的手頓時停了下來。

我沒想過會從志乃原口中聽到這個名字。

將盤子放回櫃子裡之後，我坐到志乃原的面前。

「你昨天跟禮奈見面了吧。」

「是啊，見面了。」

「在那之後，我跟禮奈聊了一下。」

「啊？」

我不禁驚呼出聲。那語氣尖銳到就連我也感到意外。
志乃原抖了一下之後，對我低下頭。
「那、那個，對不起，我這麼自作主張。」
她說自作主張——也就代表是她主動向禮奈搭話的嗎？
從她深深低頭道歉的樣子看來，就是這樣吧。我也大致想像得到她這麼做的原因。
但會這樣特地跟我坦言她和禮奈談過，就代表那時候有發生什麼事。
儘管心中湧上不祥的預感，我還是簡短地說著「沒關係啦」。
志乃原抬起臉來，露出從沒見過的溫順表情。
「那個……真的很抱歉。我一直以來都沒有顧慮到學長的心情。」
「沒關係，以後會替我想想就好了。我也要向妳說聲抱歉。」
嘴上這樣回應她，但內心卻咬著嘴唇。
我會不禁發出跟平常不一樣的語氣，正證實了自己內心的動搖。一想到因為那樣害志乃原感到轉瞬間的害怕，就覺得很對不起她。
而且只是因為聽見禮奈的名字內心就慌亂成這樣的事實，也讓我感到懊悔不已。
「為、為什麼學長要一臉很抱歉的樣子呢？」
「呃，真的很抱歉。我會再給妳一點補償。」

「咦，反了吧！我才該替你做點什麼！」

「不行。下次我再帶妳去吃飯吧。」

「那就麻煩帶我去吃敘敘苑的燒肉。」

「貴死了，而且妳態度也轉變得太快了吧！」

兩人份的話，肯定會是一筆比修理智慧型手機螢幕還要貴的花費。要是花了那麼多錢吃東西，存款轉眼間就會用光。

志乃原吐了吐舌頭回應我的吐嘈。

「被發現啦。」

「廢話。所以呢，妳繼續說下去吧。」

我這麼催促，志乃原便輕咳了兩聲。

這時候，直到剛才的那種有點沉重的氣氛已經不知被拋到哪裡去了。

「這個嘛，我聽禮奈滿詳盡地說了跟學長之間的事情。」

「也包括劈腿的事嗎？」

「是的。像是為什麼劈腿之類，這種滿深入的話題也聽她說了。」

對於志乃原的回答，我不禁感到佩服。

無論過程如何，我真的對於志乃原的行動力感到非常驚訝。

「真虧妳有辦法向禮奈本人問這種事情耶。都不覺得可怕嗎？」

「只要想到學長，這點事不算什麼！」

志乃原露出耍小聰明般的表情朝我看過來。

但現在的我，看得出來那並非演技。

見我依然保持沉默跟面無表情，志乃原「唔……」地死心般垂下了頭。

「我不是被遊動學長劈腿了嗎？而且除了遊動學長，我也認識滿多劈腿的人。我身邊就是有這麼多輕浮的人呢。」

志乃原自嘲般笑了笑之後，便呼出深深的嘆息。

「所以說，我見識過很多會劈腿的那種人。但是，禮奈看不出來是那樣的人。因此我就很在意她是抱持著怎樣的想法，發生了什麼事才會劈腿。」

「……還真莽撞啊。」

「嘿嘿。謝謝學長。」

「我才不是在稱讚妳。但也沒有貶低妳就是了。」

對於自己感興趣的事情可以立即採取行動是志乃原的優點。但是，要踏入別人比較敏感的部分，有時候並不是一件令人讚許的事情。

正因為志乃原自己也很明白這一點，所以才會坦率地道歉吧。

「然後呢，她怎麼說？」

我這麼一問，志乃原用食指稍微抵著下巴。

「她說的話呢，根據聽的人不同，解讀的方式也會有所分歧。」

「那志乃原妳是怎麼想的？我想聽聽妳的看法當作參考。」

「我嗎？這個嘛……感覺起來應該是有酌量的餘地……吧？」

這個回答我並不意外。

昨晚，我獨自在深夜中思考。我一直以為禮奈是要向我辯解劈腿的事情。

但禮奈說：「我只能從負的立場重來一次了。」也就是說，她希望能重新展開我們之間的關係。

我不知道她是想修復跟我身為情侶的關係，還是想再次培養起朋友間的情誼。

但唯一確定的是，我不該中途就先離開。一整天滿腦子都想著禮奈的現狀，也證明了這件事。

為了讓我心中與禮奈這個存在之間的關係做一個了結，無論最後會是什麼樣的結果，我都必須聽她說到最後。

「這樣啊。原來如此。」

「你、你不會生氣嗎？」

「不會啊，聽妳這樣說我的心情反而舒暢多了。這讓我明白在聽她說完所有事情之前我都無法前進，也因此下定了決心。」

我這麼說完，就緩緩地站起身來。

「我這就直接去聽她說。」

「咦！現在嗎？」

「想到就立刻展開行動。學妳的啊。」

「那個……你不在意我跟禮奈談了什麼嗎？說不定是對你來說，反而不利的事情之類的……」

志乃原這麼一問，讓我有種冷不防被點醒的感覺。

「哦，我還真沒這樣想過呢。」

「請放心吧，我——」

「我相信妳啦。」

說出這句話之後，志乃原張著嘴愣愣地僵在原地。

「我相信妳。」

再次重複了一次，我便背對志乃原。

認識志乃原之後過了幾個月。這段期間或許還算很短暫。

但我們一起度過了足以讓我打從心底信賴她的時光。

既然志乃原說聽完之後解讀的方式會有所分歧，我才想先聽禮奈將事情全部講完之後再做出決定。

「謝謝妳啦。」

一邊在玄關穿著鞋子，我開口向她道謝。

她給了我一次很好的機會。要是只有我一個人，就不會去聽禮奈怎麼說，只會一味地保持距離，就算可以讓記憶耗損，內心應該也會一直懷抱著難以釋懷的心情。

這世上的情侶在分手之後，即使心中會留下糾結，說不定還是會先保持一段距離。

但這是我的問題。最重要的是，未來我可以認為最後做出了自己能夠釋懷的選擇。

自己做出選擇的這個事實，可以轉化為往後要面臨抉擇時的經驗基礎。

要讓跟禮奈共度的這一年成為一段有意義的過去，還是就這樣在摸不著頭緒的狀態下捨棄。

是志乃原再次給了我這個曾經被自己捨棄過兩次的選項。

綁好鞋帶之後，我站了起來。

當我正要開門時，背後傳來一道溫暖的觸感。

靠上來的些微重量，告訴我自己信賴的，而且也受到對方信賴的人，正待在自己身旁。

「——路上小心，學長。」

「……嗯。我去去就回。」

這麼回應了之後，志乃原拉開了距離。

我沒有回頭，直接就走出家門。下次回來的時候，會不會成為多少像樣了一點的男人呢？

要是有就好了。一邊這麼想著，我步步踩響吱嘎聲地走下樓梯。

第9話　相坂禮奈

「真沒想過悠太竟然會主動聯絡我呢。」

禮奈這麼說著，暗灰色的頭髮也隨風飄逸。

禮奈那頭以前跟藤堂一樣的髮色，現在看起來則更淺了一點。

面對跟我們交往時不同，變得更加華美的色澤，我不禁轉瞬間撇開了視線。

「昨天才說到一半我就走了，抱歉。」

我這麼道歉之後，禮奈有些意外地微微張了嘴。

「不會，沒關係……站在悠太的立場來看，一般來說想必會生氣吧。」

禮奈垂下眉，露出苦笑。

接著，就感覺很懷念地環視著四周。

我跟禮奈會面的地方，是位於住宅區深處的一座小小的公園。離禮奈住的公寓很近的這座公園，在天黑之後就完全不會有人靠近。

就連住在這附近的禮奈，也是某次在跟我隨意散步時才偶然發現，不然根本不會知道的場所。

小巧的場地當中就只有一張長椅而已，我們還在交往的時候很常到這裡來休息。

我回想起這些事情時，禮奈也開口說：

「好懷念喔。」

上一次來到這個地方已經是半年前左右的事了吧。

會懷念也無可厚非。

「……是啊。」

我給出回應之後，禮奈便在長椅上坐了下來。

「昨天回家之後，我也很後悔。早知道就該換個說法才是。一旦當面見到悠太就不禁緊張了起來，為了維持住那個場面，在還沒整理好自己思緒的狀況下就說出口了。」

「我也很常有這種經驗，所以很能體會。」

就算事前想了再多，一緊張起來內容就全都拋諸腦後了。更何況這不是在上課，而是私人的事情。要在腦中預先沙盤推演也有其限度。

「昨天那月啊，說她對你感到很抱歉。讓你產生不愉快的心情了。」

「喔……」

像是上課的時候，還有吃拉麵那時。

那月那種微妙的態度之前讓我頗有微詞，但現在甚至覺得感激。
升上大學之後，就沒有像那月那樣會敏銳地指出我缺點的人了。
彩華偶爾也會指出我不對的地方，但我總是能從她的話語本質當中感受到友愛，很少因此產生危機感。
像那月那樣有些冷淡的態度，以長遠的角度看來或許會將我引導至好的方向。
我接著坐到禮奈身旁。
「我沒有很在意啦。妳替我轉告一聲，希望她往後還能一如往常地跟我相處。」
「這樣啊。我會轉告她的。」
聽我這麼說，禮奈勾起淺淺的笑。
「我跟那月是從國中認識到現在的朋友。國高中生的時候一直都是同一個朋友圈，所以真的很要好。」
「我想也是。雖然我最近才認識那月，但也能感受得出來她很挺妳。」
聽我這麼說，禮奈也點了點頭。
「是啊。對悠太來說，應該就像彩華那樣的立場吧。」
「……這樣的話，有很多事我也想得通了。」
要是沒有禮奈，那月恐怕也不會特地出言否定我的處世態度才是。

會對朋友抱持著一兩個略有微詞的地方也很自然，而我覺得那月是會將那樣的想法藏在心底，並可以順利與人來往的類型。

這點從她儘管對於「Green」這個同好會有點意見，卻還是能維持著廣闊的交友關係就能想像到。

然而她之所以會對我說出自己的想法，就代表有著比她自己在人際關係的位置上還更重要的東西。對那月來說，那就是禮奈吧。

「她是個很好的朋友呢。」

「是啊。在跟悠太交往的時候，我也跟你說過好幾次關於那月的事情。」

我展現出驚訝的反應之後，禮奈就補充道：「但我沒有說出名字，只是用『我朋友』這樣代稱而已，你不知道也理所當然。」

「她其實還滿情緒化的。」

志乃原也說了一樣的話。

第一次跟她在聖誕節聯誼上見面的時候，我完全沒有察覺出來。在那之後也是直到明確跟禮奈扯上關係之後才發現，但這或許也是因為在那之前，那月並沒有敞開心胸跟我來往。

當我想著這些時，禮奈開口了。

她戴在耳邊的耳環閃現一瞬亮光。

「悠太。雖然得花點時間，但你不介意的話，可以聽我說說嗎？」

——那當然。

我就是為此才會跑來見禮奈。

我點了點頭，禮奈也淺淺一笑，接著抬頭看向天空。我也學著禮奈，仰望了夜空一段時間。當我尋找起被明亮的街燈掩蓋的星光時，禮奈笑了。

「感覺還是很緊張呢。」

這麼說完，禮奈便平靜地開始編織出話語。

她若數家珍地娓娓道來。

◇◆禮奈side◇◆

「我會讓你幸福的。」

說出口的這句回應，就連我自己都嚇了一跳。

這是時隔多久答應別人的告白了呢？應該是比開始準備考女子大學還更久以前的事，所以過了兩年以上。

在我眼前的是個眼神直率的男生——悠太。最近順勢就跟這個人變得滿要好的。

說真的，我從沒想過要成為這個人的女朋友，但他的一番告白讓我不禁小鹿亂撞。

他是因為自己想得到幸福才告白的。

這或許是一件理所當然的事。但我覺得應該很少人會在告白的時候把這件事說出口。

比起好聽的場面話，他率直的話語更撼動我的心。

應該說，是勾起了我的母性本能吧。

原來自己也有母性本能這種東西，還真令我嚇了一跳。

不過，「我會讓你幸福」的這句話，當時也只是隨口說出來的而已。

「禮奈，妳有在聽嗎？」

——我也能對眼前這個男生抱持著像當時那樣的情感嗎？

跟悠太交往一週年紀念日的前一天。

當我在前往他家的路上，偶然跟學弟巧遇。

他是小我一歲的大學一年級學生。

這個身高跟我相差無幾的男生，名叫豐田。

而我現在非常傷腦筋。

「請問可以跟妳牽個手嗎？一次就好了。」

「不行啦。我有男朋友。」

「但我聽說你們快分手了。」

豐田這句話讓我不禁屏息。

我之前只是跟一個彼此都認識的人聊過，說不知道自己現在跟男朋友之間進展得順不順利。說不定是這件事被誇大傳開了。

「才沒有那回事呢，抱歉，讓你誤會了。謝謝你替我擔心。」

就算我這麼說，豐田下定決心的表情依然沒有任何動搖。

「但我看見嘍。有一次妳的男朋友跟其他女生一起走在購物中心裡。對方還是個超級美人。」

「咦？」

我在轉瞬間覺得自己的心臟緊縮了一下，但馬上就恢復了。因為我已經察覺對方是誰。

「那個女生是不是留著一頭黑髮，身材也非常好呢？」

「對，是沒錯。」

因為豐田這麼說著點了點頭，我也放心了。

「那個人啊，是從高中時候認識到現在的朋友彩華。所以沒關係啦。」

「是禮奈的朋友嗎？」

「不是喔，是悠太的朋友。」

我並沒有直接跟彩華見過面。但是，我聽悠太說過他們從高中時候到現在，一直都是很要好的朋友。

豐田聽完我說的話，便嘆了一口氣。

「那剛才這番發言很奇怪吧？和她從高中時候認識到現在的人是妳的男朋友，而她對妳來說只是個陌生人對吧。」

我閉口不言，豐田就接二連三地繼續說了下去：

「這樣妳不會覺得很不開心嗎？一個不認識的人，在跟妳的男朋友約會耶。」

「說什麼約會，才不是那樣。他們只是出去玩而已——」

「禮奈，是妳的感受麻痺了吧。一般來說，那樣就叫約會喔。」

我無從反駁。甚至連有沒有必要反駁豐田剛才這番話都不太確定。

因為豐田的這番話，就跟我的摯友那月所說的完全一模一樣。

那月跟彩華是同一個同好會的成員，所以我偶爾會找她商量。

——關於悠太有沒有劈腿這件事。

◇◆

在我們交往一個月左右的時候，我察覺有個跟他距離異常接近的女生。

當然這不是指兩個人之間實際上的距離，而是心靈上的距離。

跟一個人交往時，總是會有兩個人一起看著同一台智慧型手機並一邊聊天的時候。

當我們用悠太的手機一起上網觀賞影片的時候，他的手機偶爾會跳出同一個名稱的人傳來訊息的推播通知。好友名稱是「彩華」，這應該是那個人的名字吧。身為他的女朋友，不可能對此還不在乎。雖然不是在懷疑他劈腿，但我還是很想向他確認一下。

「悠太，偶爾會跳出推播通知的那個彩華，是你的朋友嗎？」

聽我這麼問，悠太停下影片，坦率地點了點頭。

看來，他也覺得我總有一天會問到這件事。

「是我的朋友喔。」

「兒時玩伴嗎？」

「不，我們高中才認識。」

如果是高中才認識，應該是交情很普通的朋友吧。但從悠太的表情看來，我很輕易就能感受到他們之間不只是普通朋友的那種氣氛。

「抱歉，我應該不要太常跟女性朋友聊ＬＩＮＥ比較好吧？」

聽悠太這麼說，我不禁搖了搖頭。

「不會啊，沒關係。我只是有一點在意而已。高中時的朋友也要很珍惜才行呢。」

「咦，這樣啊？」

悠太發出稍微鬆了一口氣的聲音。我也不後悔自己這麼說，並對自己沒有做出孩子氣的回答而感到放心。

「不過，我還是會盡量不要聊得太頻繁。看影片的時候要是有推播通知，也沒辦法專心看下去嘛。」

雖然覺得那只要去設定推播通知就能解決，但我什麼也沒說。因為我能感受到悠太是為了讓我放心，才會刻意這麼說。

多虧彼此都能平靜溝通，彩華傳來的ＬＩＮＥ並沒有對我們的關係產生影響。

要是悠太表現出無謂的動搖，我們也沒辦法這麼平穩地談開，這也多虧了他的個性。

同年的我這麼說好像也有點奇怪，不過他在同年代的人當中，算是比較冷靜、個性沉穩的那種類型。

第一次見面時我就很明確地看出這點，也記得這讓我留下很好的印象。

但當他在就算自己表現出孩子氣的一面也願意接受的人面前，則是很常開玩笑。

從他這樣的一面，就能感受到他是敞開心胸跟自己來往。

這樣的他實在太可愛，自從認識沒過多久，就覺得他很惹人憐愛。

但對悠太來說，彩華這個朋友也跟我一樣，是可以表現出自己本性的存在。

我想，他應該不希望身為女朋友的我，出言干涉對他來說這麼重要的人。

我並不想說出既然都有交往對象了，就要減少跟異性朋友之間的互動這種話。

很常聽人說，交到女朋友之後就該盡量減少跟女性朋友之間的聯絡。

但朋友之間，有著只有朋友才能營造出來的舒坦空間。

而且情侶之間，也有著只有情侶才能營造出的舒坦空間。

既然這兩者是不一樣的，那對他來說兩者兼具肯定是最好的選擇。

我對那月說出這個想法時，她皺起了眉頭。

「那禮奈妳呢？」

「咦？」

面對那月的提問，我愣了一愣。

「這麼替妳男朋友著想，禮奈真是一個很棒的女朋友呢。對男生來說，應該沒有女生能做得這麼好。」

那月一邊摸著我在她生日時送的手鍊，繼續說了下去：

「不過，禮奈妳是怎麼想的呢？一男一女出去玩，一般來說就叫約會喔。雖然這也會因為不同人做出的判斷而有所分歧就是了。」

我噤聲不語，那月就輕輕拍了拍我的背。

「振作點吧。禮奈可是唯一一個能夠決定他這樣的舉動算不算劈腿的人。」

「……那月，妳覺得呢？」

「這不是我能決定的事情啊。是你們兩個之間的問題。」

她說得很對，我甚至無從反駁。

說真的，就算無法做出決定，我也希望聽聽她的意見，但關於這個問題我決定自己做出定論。

彩華是支持著我的男朋友的重要存在。

她會從我無法支持的方向伸出援手，並替我補足自己不夠的地方。

我這麼告訴自己，也確實這麼想了。

「改天如果有機會得向彩華道謝呢。」

我打從心底對悠太這麼說。

結果悠太也開心地笑了出來。

「好啊！妳們如果可以成為朋友，對我來說就是最棒的事了。」

對我來說，這句話就是他沒有劈腿的決定性證據。

看著悠太開心的表情，讓我也產生了幸福的心情。

直到這個時候，我應該都還是悠太理想中的女朋友吧。

就在接近一週年紀念日的十一月。

這段時間悠太顯得有點沒精神。他看起來好像在鑽牛角尖著什麼事情，我也思量起有什麼是我可以幫上忙的地方。

但人的煩惱有非常多種，當中也有不想說出口的事情。

悠太並不是會因為算不上什麼煩惱的事，卻為了想讓別人聽他說，就刻意露出難受表情藉此強調的那種人。

既然他就連我這個女朋友也沒有坦言，應該就不是想找人傾訴煩惱。

身為女朋友，這讓我有點寂寞，但我覺得有些事畢竟還是想自己靜下來思考。

如果悠太可以因此提起精神，那我也沒有任何怨言。

——我會默默地支持著你喔。

要是悠太說出了喪氣話，屆時我會第一個聽他傾訴。

我這麼下定決心之後，好一段時間都沒有過問悠太任何事情。

就在這時，有人邀請我參加女子大學舉辦的選美比賽。我想說這正是個好機會，於是就報名參賽了。

反正沒有安排約會也不用打工的日子本來就沒事做，我也正想趁空閒的時間做些挑戰。

但實際上登上網站的時間只有幾天而已。我中途得知這場選美比賽的規模比我想像得還要大，便決定退出比賽。

每一位參賽者都要在社群上獲得相當多人追蹤，奪下后冠還會受訪寫成一篇網路新聞。

我認為這不是沒跟悠太商量過就可以參加的規模。

退出之後我就改為選美比賽主辦單位的人員，但沒想到這件事很耗費時間，害我好幾次都不得不拒絕悠太的約會。

這樣的狀況下經過了幾個星期，我久違地跟悠太約會了。

悠太已經變得很有精神，這也讓我的心暖了起來。

這時，他的智慧型手機響起訊息通知的音效。

悠太看了那則推播通知之後，開心地揚起嘴角。

他平常並不會這麼做。

於是我就偷看了一眼出現在鎖定畫面上的推播通知。

『這樣啊，解決了是吧。要是又有什麼事可要記得說喔。』

推播顯示出沒有太深含意的一句話，換作是平常的我甚至不會放在心上吧。

但這時的我，視線就像是被那則推播緊緊束縛住一般動彈不得。

我知道悠太在煩惱一些事情。

今天我也是馬上就看出悠太已經回到原本的狀態了。

身為他的女朋友，沒能聽悠太傾訴煩惱，也沒能成為他的助力，這讓我有點寂寞，也覺得懊悔。

即使如此，既然悠太已經提起精神，我覺得那樣一時之間的感受也不重要了。

——但讓悠太提起精神的人是彩華。

雖然我有說過「會讓你幸福」這種話。

但對悠太來說，彩華這個存在……

我感受到自己心中一股黑色的情感一點一點湧上。

平常我總會對這種情感視而不見。

因為我覺得，要是發現了那樣的情感，就再也無法當悠太的理想女友了。

所以我才會盡量讓自己不要去想。

對悠太來說，彩華這個存在會不會遠比我還重要？

比起身為女朋友的我，彩華會不會才是可以理解悠太的獨一無二存在呢？

那天，我好久沒看過悠太這麼有精神了。

時不時就會說些玩笑話，對於這場約會也樂在其中。

那是我喜歡的悠太。這讓我覺得很開心。明明覺得很開心——

然而讓悠太提起精神的人並不是我，而是我素未謀面的女性。

面對這樣的現實，我不禁悄聲地喃喃說：

「無聊死了。」

回過神來，我猛地抬起臉時，悠太面露驚訝地盯著我看。

我正想替自己不禁說出口的話圓場時，悠太先開口了。他似乎對我感到有點生氣，但站在他的立場來看，會有這樣的反應也理所當然。

對不起。

這麼一句簡短的話卻遲遲卡在我的喉頭說不出口。在喉嚨的深處，那股黑色的情感正覆蓋在上頭。

——如果是彩華，應該就不會因為這種無聊的事情失和了吧。

我想辦法嚥下了這句差點代替道歉說出口的醜陋的話。

結果我們就當場解散了。

在那之後，我刻意減少了跟悠太聯絡的次數，也拒絕他約會的邀請。

我想增加一點自己的時間。我想在獨處的狀態下，好好考慮跟悠太之間的關係。對我來說，並沒有出現要結束跟他這段感情的選項。為了以後也能繼續跟悠太交往下去，我想趁著這段時間摸索出整頓自己心情的方式。

也可以說是為了讓下次可以開心約會而騰出來的充電期間。

在這段期間，我總算仔細想了關於彩華這個存在。

我對於美濃彩華這個存在感到自卑。

從悠太偶爾會提到關於彩華的事情當中，大致上可以想像得出她內在的個性。是跟我完全相反的類型，外貌也無可挑剔的美麗。

那樣也太犯規了。

乾脆跟彩華成為朋友，或許我就不用抱持這種心情了。

我第一次後悔自己沒有留下來參加那個戶外活動同好會的審核。

雖然那也是因為我自己不喜歡私底下會用外表來審核女生成員的學長姊們，才會主動退出就是了。

即使如此，與其嫉妒一個素未謀面的女生，嫉妒朋友可能還會好過一點。或許還能若無其事地告誡她。

就在為了想這種事情而擅自給自己留下的這段充電期間，我認識了豐田。

他的立場就像是選美比賽主辦單位的顧問。我退出選美比賽之後，也參與了主辦單位的工作，因此本來就有很多次跟他碰面的機會。

「我是禮奈的粉絲喔。」

留著磨菇頭並戴著圓眼鏡，就算穿著清爽的天空藍襯衫，還是散發著軟弱氛圍的小我一歲的他，某天語氣堅定地這麼對我說了。

我自己參加選美比賽的期間只有短短幾天而已，但他似乎在那段時間就成為我的粉絲了。我也有察覺他打從一開始就對我展現出滿滿的好感。

一開始我當然抱持著警戒心。這對有男朋友的女生來說是理所當然的事情。但我漸漸開始覺得沒必要對他抱持極度的警戒。

他說過就算知道我有男朋友，也是只要能像這樣聊聊就感到滿足。這也有可能不是他的真心話，但在聊過幾次之後，知道他很明顯不是會對有男朋友的女生出手的那種人。

豐田本人也說過「即使這副樣子，對我來說至少算有在上大學時改變形象了」，我想他的個性應該本來就比較沉穩吧。

或許只看一個人的外表就做出判斷不太好，但我怎麼樣也不覺得他是有本事對有男朋友的女性出手的那種人。

「禮奈，是妳的感受麻痺了吧。一般來說，那樣就叫約會喔。」

所以，當他一邊這麼說並牽起我的手時，我滿心驚訝不已。

他竟然敢自己主動牽起女生的手，這完全出乎我的意料。

冷靜下來之後，我對他說了「別這樣」。我並不討厭他。不如說，我最近還覺得應該可以跟他成為好朋友。

我盡可能不想在這時破壞這段關係。

因此我才會用溫柔的語氣制止他。

他露出相當悲傷的表情，也減輕了握著我的手的力道。

「我不會像妳男朋友那樣劈腿喔。也不會跟其他女生走在一起。」

每當聽到劈腿這兩個字，我的心就會跟著揪痛起來。

儘管我確實嫉妒彩華，但對於悠太跟彩華之間的關係我多少還是能接受，也能認同。

但看在其他人眼中，我會不會是一直處於被劈腿的狀態呢？至今都是這麼悲慘的狀態嗎？

豐田的這些話，讓我覺得自己的這一年都被否定了一樣，並懷抱著強烈不安的情感。

悠太在跟彩華一起相處的時候，有沒有產生過對不起我的感覺呢……肯定是因為沒有，才會一直在一起吧。

這讓我不禁好奇，換作是自己跟戀人以外的對象這麼要好時，心裡會是什麼樣的感覺？要是自己也沒有任何感覺的話，那我也沒資格對悠太說三道四。這麼一想，我便決定利用豐田測試自己。

豐田再次握住我的手心。這只是一場簡單的實驗，目的是測試自己要是接受了，究竟會不會產生罪惡感。

要是跟悠太站在對等的立場，我們或許就能像平常那樣歡笑。

於是我第一次接受了豐田牽過來的手。在這幾秒之間，我確實是出於自己的想法，跟悠太以外的男性牽手了。

——這時，我恢復了理智。

從漫長的回想中回過神來時，我們已經走到通往悠太家的那條直線道路。

即使在路上巧遇了豐田，也沒想過我們竟會牽手，因此就一直朝著目的地走去。

我一直想著明天就是一週年紀念日的約會了，為了好好享受這個重要的日子，希望可以早點跟悠太談開。

但要是在這種地方被人看見就糟了。

見我突然轉身，豐田費解地問道：「妳要去哪裡？」

我們的手還牽在一起。

「欸，豐田，你放開我。」

「不要。我——」

「就叫你放手了！」

我甩開了豐田的手。

「就算悠太真的在跟彩華約會好了。我覺得那也不能構成我跟你牽手的理由。」

聽了我的想法，沒想到豐田還是不肯罷休。

「這並不是劈腿啊。因為，禮奈妳並沒有那個意思吧。」

「這——」

「妳男朋友也一樣吧。因為沒有那個意思，所以這不是劈腿。」

他並沒有明言。即使如此，聽一個既不像那月那樣是自己摯友，也沒有什麼特別關係的旁人帶著批判的語氣談論悠太，還是讓我覺得很討厭。

或許從世人眼光看來是悠太不對，但能對此做出結論的，就只有身為女朋友的我而已。

「欸，豐田。」

「什麼事？」

「我覺得你所說的確實是正論。真不愧是主辦單位的顧問呢。」

「是、是嗎？」

「但是啊——」

我就像是要將豐田對我的好感剝除一般，一字一句地清楚說了下去：

「我覺得對戀愛來說，比起正論，情感的論調才是最重要的。當我不由得覺得你很討厭的當下，就已經沒有希望了。所以，你還是放棄吧。」

豐田聽見我的這番話，不禁睜大了雙眼。

我的手掌濕了一片。我很明白這不是我自己出的手汗。

豐田想必是拚命擠出勇氣吧。然而拒絕他的卻是剛才的這一番話，我都覺得可憐了。

但擔心會不會被人看見的不安，遠遠大於這份罪惡感。

我嚥下了差點要脫口而出的道歉，緊盯著豐田。

我希望他明白我強烈的意志。

豐田這才終於挫敗般地露出苦笑，並用生硬的聲音說：

「……嚇我一跳呢。沒想到會被妳這麼明確地拒絕。」

豐田走過我的身邊，朝著車站跑去。

我遠遠看著他的背影，一股自我厭惡的心情不斷譴責著自己。

我究竟是在悠太家附近做什麼啊？

回頭一看，身後並沒有任何人在。但這裡是可以看見幾百公尺前方路況的直線道路，要是運氣不好，或許會被人看見。

我只能讓自己盡量不去思考最糟糕的可能性。

我將悠太的備用鑰匙放回他的信箱裡。

備用鑰匙一旦還給他，就再也沒有可以跟悠太見面的藉口了。

要是留有藉口，說不定還可以像以前那樣等彼此冷靜下來再談談，然而我連這種事情都沒有想到。

悠太目擊的那個光景並不是一場誤會。

但是，我應該能夠對他解釋才是。即使如此，我之所以會說不出任何話語，是因為突如其來的分手也讓我自己無法冷靜。

關於我跟悠太這段感情，我想得再多都不曾浮現分手這個選項。都是在無論如何我們依然是一對情侶的前提下，若是可以做點改變就好了。

然而悠太卻一句話就結束了這一切。

說不定在不知不覺間，我的心意變得只是一廂情願。

——沒有比這還更空虛的事了。

我任憑著失落的感覺，放開了備份鑰匙。

落入信箱裡面的備份鑰匙發出噹啷一道金屬聲，敲響我們這段關係終結的鐘聲。

一年這段這麼長的時間。是我直到目前的大學生活中，超過一半的時間。

而這樣的關係結束了。

——雖然我覺得是我讓這段關係結束的。

我們好像走不下去了。

對我來說，一年這段時間過於充足讓我對他產生感情，不論過了多久還是忘不了他。

但在那個時候選擇離去的我，已經束手無策了。

為了抹滅那一年幸福的回憶，我嘗試過各種事情。

不但把存款領出來拿去旅行，頭髮也重染成更亮的灰色。

努力打工並買下昂貴的衣服，就連本來都沒在用的ＩＧ也開始更新自己每天享受生活的樣子。打出「感覺明天會是個美好的一天♪」這種話，但明明就沒有產生過這種預感。人的心還是誠實的。

一直做些不適合自己的事情不斷削減，又像是想將缺角的心補上碎片而四處徬徨時，我跟悠太重逢了。

我對於打從心底覺得高興的自己感到困惑，接著看到他的表情時也想通了。

——他想忘了我。

這也無可厚非。不可能會有人一直珍惜著跟以那種方式分手的對象之間的回憶。

這是極為理所當然的現實。

但是，即使如此——

活在我記憶中的悠太，以及在我眼前的他，差異實在太大了。

原來他會露出這麼冷淡的表情啊。

原來他會發出這麼冷漠的聲音啊。

從悠太的神情看來，他很明顯地已經在一定程度下重新整頓過自己的心情，而且我這個存在也有所磨耗了。

好焦急——當我因為會被前男友忘記而焦急的當下，就已經得出結論了。

我對悠太還是……

一旦有所自覺，就只能採取行動了。

為了不讓他忘記自己。然後，再一次跟他在一起。

「那個，還能再見面嗎？」

我拚命擠出來的這句話，得到「啊？」的一聲回應。

聽見那道格外冷冽的聲音，讓我的背脊竄起一陣寒意。

「妳有沒有搞錯啊？」

我的視線從悠太身上移開。

並在心中強烈地一再希冀著自己這個預感不要成真。

然而，她是……

彩華理所當然地站在悠太身邊。當我還在跟悠太交往的那個時候，她想必也是一直待在他的身邊吧。

彩華的表情跟之前悠太給我看過的照片上映照出來的完全不一樣。

她那雙打從心底感到氣憤，並帶著輕視的眼神，讓我不禁感到退縮。

這時我才終於明白。

原來我是壞人啊。

對他們來說，原來我已經是個只會造成困擾的存在。無論我心中懷著什麼樣的想法，都無所謂了。

原來我已經是個這樣的存在了。

為了逃離這個無力以對的現實，我當場就離開了。我能感受到悠太在身後注視著我的背影。

但也發現那道視線很快就移開了。這個直覺一定猜對了。

在那之後，我跟那月見面了。碰巧在跟悠太重逢的那天，晚上本來就約好了要跟高中的朋友一起吃飯。

那月似乎察覺了我的異樣，當飯局結束之後，在只有我們兩人一起走著的歸途上，她便以溫柔的語氣問了我的狀況。

那是個美麗的滿月照亮了四周的夜晚。

「禮奈，妳發生了什麼事嗎？」

「——那月，我討厭月亮。」

我一邊抬頭看著那像個笨蛋一樣綻放光輝的滿月，並這麼說。

我甚至可以想像那月在月光底下正一臉困惑的模樣。

「妳有想過當月亮被點醒自己比不過太陽時的心情嗎？」

「這是什麼……」

我不等那月問完，便逕自說了下去。

「月亮沒辦法自己綻放光輝。只能反射著太陽的光芒而已。」

曾幾何時，我以為自己是對悠太來說的光芒，所以他才會向我告白。不過，那只是自作多情而已。

一定一直有個太陽在悠太身邊，而他只是一時感到眩目並誤闖到月亮的底下來。

對悠太來說，我大概就是這樣的存在。

所以就算分手了，他要整頓自己的心想必也很簡單。

像是聽懂了我這番話當中的意思，只見那月的臉都皺了起來。

「禮奈——」

那月輕輕地抱住我。

太厲害了，我光是這樣說，就能傳達給她了。

——看來之前沒讓那月跟悠太見面是正確的選擇。

我有幾個朋友跟悠太見過面。大家對他的感想都是「很風趣，是個好人呢！」。

悠太比他自己想得還更容易受到他人的喜愛。說不定在那當中還有人跟他成為朋友，甚至有在保持聯絡。

那些人要是知道我現在的狀況，究竟還會不會站在我這邊呢？

但是，那月確實會站在我這邊。因為那月完全不知道悠太是個怎樣的人。

我為了確保有個站在我這邊的人，而不讓那月跟悠太碰面。

說真的，我究竟是多麼貪得無厭啊。

悠太跟彩華之間的關係，大概跟我們很像。

對悠太來說，無論在什麼時候，又或是在什麼狀況下，都一定會站在他那邊的存在說不定就是彩華。

我只能一味地覺得不甘心。

對於自己無法成為那樣的存在。而且在還沒有成為的狀況下，關係就這麼結束了。

——無意間，某個想法竄過我的心中。

「欸，那月。妳之前也有說過吧。他究竟是有劈腿，還是沒有劈腿。這全都取決於我自己。」

「嗯。確實說過呢。」

那月沒有一絲迷惘，語氣強而有力地做出肯定。多虧如此，我也下定了決心。

「悠太的行動並不是劈腿。這一年來他一直跟彩華在一起的這件事，也是我容許的。但是，相對的——」

我離開那月的擁抱，並凝視著夜空。

感覺幾乎現在就要落下一般的點點繁星，就像在嘲笑似的閃耀著光芒。

「我的行動也不是劈腿。悠太的一年，跟我的一天。我會認定這是相對等的，也相互抵銷掉了。」

我得出的這個結論，或許幾乎可以說是藉口了。至少我自己也很明白，這是違背倫理的一種想法。

但要是不這麼想，我就無法抱持著自信跟悠太見面。又會像今天一樣，忍不住逃開。為了不重蹈覆轍，我於是欺騙了自己。

「我並沒有劈腿。」

聽我這麼說，那月默默地點了點頭。

第10話　重新踏上起點

禮奈把話說完到一個段落之後，深深地嘆了一口氣。

寶特瓶裡裝著的紅茶只是微微地蕩漾了一下。

那正是將深埋心底的事情說出口的證據吧。

「……原來妳是不喜歡我跟彩華走在一起啊。」

我對於自己說出口的話，不禁緊咬了嘴唇。

——不對。

禮奈討厭的是我接連做出輕率的發言。

儘管明白這個道理，我現在還下意識地想將責任分散到彩華身上去。於是我搖了搖頭，改口修正。

「抱歉，錯的是我當初不該跟妳說有彩華這個存在。」

在聽禮奈說出這些在她看來的事情之前，我從來都不覺得自己的行動及發言竟如此欠缺周全的思考。

要是聽朋友說了一樣的事情，我說不定還會氣著說「那傢伙是怎樣啊」。

禮奈在跟我交往時，從沒跟我聊過她和異性朋友之間的事情。就算現在念的是女子大學，但上大學之前也是處在男女同校的環境，應該也有跟男性朋友一起去玩過吧。

從分手之後禮奈的社群網站動態看來，這一點也很明顯。

也就是說，這是禮奈的顧慮。她是替我的心情設想。

然而，我甚至對於禮奈從沒跟我說過關於男性朋友的事情，不抱持任何一絲懷疑，只有自己會將每天生活的點滴都全跟禮奈分享。在聊的那些事情當中，應該會頻繁提到彩華才是。

雖然禮奈說這件事本身也是她容許的，但這全是因為她的氣量很大，除此之外沒有其他理由了。

想將一整天發生的所有點滴都跟女朋友分享。

想讓自己體驗過的事情都讓對方一起參與其中。

就是像這樣抱持著以自己為中心的想法所做出的發言，漸漸將禮奈逼到絕境。

當時的我，太得意忘形了。

有著禮奈這個女朋友的充實感，以及身邊還有彩華在的安心感。

就像禮奈說的，交往之後就要我斷絕跟彩華之間的關係，對我來說太不切實際了。

但我要是沒有將所有事情都鉅細靡遺地跟她分享，至少就不會讓事態惡化到這種地步。分明是如此，我卻只顧著自己——

「我完全不會對於悠太跟其他女生聊天這件事感到生氣。既然悠太看起來很開心，那我也會很高興。」

禮奈緊緊握著手中的寶特瓶。這讓容器發出了一聲微微擠壓的聲音。

「但是呢……這個前提是，我必須是在悠太心中最重要的那個人。如果是彩華……我會覺得她跟你之間是不是有著比我還更深刻的關係。一旦產生了這樣的想法，就只剩下苦痛而已。」

我以前在說那些事情時，禮奈都是露出什麼樣的表情呢？我已經無法連同細微的部分都回想起她的表情。

但那恐怕就像現在這樣——

「那個人有很多地方都比我還要優秀。既漂亮又聰明，大家都很仰慕她吧？哪像我，不但有點內向，大學的程度也是普普通通，也不像她那麼有人望。」

禮奈接連說了下去。每說出一字一句，感覺都越來越痛苦。

「你說的那些事情，我聽著聽著都會不禁覺得，自己贏過彩華的地方，就只有跟悠太一起的時間而已。但當我發現就連這點也比不上她的時候……我不禁覺得『什麼嘛！』。」

自己漸漸傷害了自己。

這就是禮奈至今一直埋藏在心中的事情。這就是在交往時我讓她面對的事實。

我已經不是禮奈的男朋友了。

但我終究無法忽視在交往當時讓禮奈產生的想法，直到現在都還讓她痛苦的事實。

正當我想給她一些回應的時候，禮奈突然勾起了微笑。

「呼……心情舒暢多了。」

「咦？」

感覺就像得到某種解放一般的笑讓我不禁語塞，這時禮奈先開口了。

那話聲聽起來已經不同於剛才，是跟她平時一樣，聽了會讓人心安的柔和語氣。

「光是可以告訴悠太這件事，我就覺得非常開心了。」

禮奈又補了一句「真的喔」，並勾起微笑。

「所以，過去的事情就說到這邊吧。接下來要談的是我往後的事情。」

禮奈這麼說著，就將寶特瓶放到我旁邊。

接著她離開長椅，站到我的面前。

「欸，悠太。你討厭我嗎？」

我不禁睜大雙眼。

是喜歡還是討厭？聽了剛才的那番話，我怎麼可能有辦法說出討厭。

「我現在並不是站在可以選擇喜歡或是討厭的立場吧。」

「不，你選吧。」

這是禮奈今天第一次說話語氣這麼強烈，她接著用雙手碰上了我的臉頰。

「悠太你人太好了，說不定往後還會感到自責呢。」

「我人才不好。而且首先，我得向妳道歉——」

「不要道歉！」

禮奈大喊著打斷了我的話。碰著臉頰的手鬆開之後，搭上了我的肩膀。

「要是道歉了，我就絕對不會原諒你。」

「妳、妳說什——」

「悠太你或許是有點遲鈍，但是個很好的人。所以才會想向我道歉吧。才會想辦法彌補自己的失態吧。」

說著「但是」，禮奈繼續將話接了下去。

「你要是現在道歉了，往後我們之間的關係會變成什麼樣呢？一切會就此結束了嗎？會將至今的時間都留作一段美好的回憶，然後就結束了？」

禮奈跨上我的腿。隨著動作露出來的腿部線條，飄散出豔麗的氛圍。

「不行。我不允許就此結束。」

禮奈緩緩將身上的項鍊拿了下來。

接著又將戴在手上的戒指放進口袋。

這樣的動作讓我察覺禮奈接下來打算做什麼。

「住手！」

我抓住禮奈正要脫掉我衣服的手。

禮奈暫時停下了動作，最後才放棄般鬆開了手。

「被發現啦。」

「……別這樣。拜託妳了。」

聽我這麼懇求，禮奈有些哀傷地垂下了眉毛。

「……要是在這裡對我出手，你就會變成壞人了呢。畢竟一般來說的好人，並不會做這種事。這我也明白。」

禮奈搭上我肩膀的手，加重了一點力道。

「所以，我才會希望唯有現在，悠太可以變成壞人。因為那就是對我來說的好人。」

透過肩膀傳來輕微的顫抖。

我已經捨棄禮奈說謊的可能性了。

自從覺得被劈腿的那個瞬間起，我都是戴著有色眼鏡在看待禮奈所有的言行舉止。而且還是特別灰暗的有色眼鏡。

我必須相信跟禮奈一起建立起來的那一年才行。但那並不代表我現在就必須回應禮奈的心意。

「不行。」

我搖搖頭之後，禮奈緩緩地眨了眨眼，嘆了一口氣。

「……我早就知道了。在悠太心中，我們已經結束了。因為對悠太來說，跟我之間的關係已經告一段落了。」

禮奈緩緩地從我身上離開。柔和的氣味也漸漸遠去。

「我們只是想法有些出入而已。我一直告訴自己，這是情侶之間常見的問題就是了。」

如果是情侶關係，那或許是個常見的問題。

但無論過程為何，我們之間的關係確實結束過一次了。

那個瞬間，以備用鑰匙落入信箱為信號，我們之間就結束了。

禮奈也正因為有讓這段關係結束的自覺，所以才會感到焦急。

「唉唉，果然還是來不及了啊。」

禮奈伸展了身體，嘆了一口氣。

我很清楚自己的心意。我對禮奈抱持著歉意。同時，我也很明白現在自己的心中，對禮奈已經不再殘留戀愛的情感了。

戀愛情感是一種可能會因為各式各樣的契機而斷絕的東西。分手後過了幾個月的現在，我自己也很明白，想要再重回那種心情是一件難事。

正因為如此，我才會不知道該怎麼回應禮奈。

「那我現在要說跟剛才完全相反的話喔。其實我也覺得，要讓悠太再一次喜歡上我之後，再回到原本的關係才是最好的。」

禮奈將裝著還沒喝完的紅茶寶特瓶，塞回手提包裡面。

「所以，或許這樣就好了。我會努力讓自己未來可以這樣想……當然，前提是悠太要原諒我就是了。」

禮奈露出了惆悵的笑容。

「但不管怎麼說，悠太還是沒有必要道歉。」

「……為什麼啊？」

「真由啊，她這樣對我說過。」

儘管這時聽她提及志乃原的名字讓我感到驚訝，我還是等著她說下去。

禮奈感覺滿月很耀眼似的抬頭仰望了之後，轉過頭來。

「她說，當心裡產生『怎麼樣才算是劈腿呢？』這個想法時，就算是出局了。而我就是產生了這樣的想法，還跟那個人牽手。所以我那個時候，毫無疑問是劈腿了。」

「……這樣啊。那傢伙說了這種話……」

「我傷到悠太了呢。那個時候——」

「別道歉。」

我打斷她的話，禮奈睜圓了雙眼。

「我的一年跟妳的一天，已經相互抵銷掉了吧。」

禮奈微微低下頭，平靜地說：

「這樣好嗎？」

我點了點頭，禮奈這才露出柔和的笑容。

「這樣啊……我還以為要從負的地方重新開始，但現在光是可以從零開始，我就滿足了。我的這份心意，還是繼續保留在我的心底吧。」

這麼說著，禮奈就稍微跟我拉開了一點距離。

「那就保持聯絡嘍。」

究竟有多久沒見到了？

禮奈帶著笑容跟我道別。

又有多久沒說出口了？

我開口這麼回應禮奈：

「嗯——改天見。」

聽了我的回應，禮奈一時佇足在原地，並深深地點了頭。

在情侶關係上，前任終究還是前任。

儘管世上滿是回到朋友身分，或是成為摯友之類，讓兩人之間的關係產生變化的單詞，但其本質終究沒有改變。

不過也沒有人規定一定要跟前任斷絕所有關係才行。只要雙方都能接受，就算兩人之間開闢出除了前任之外的新的道路也沒關係吧。

禮奈說過，這樣就相互抵銷了。

——這就是我們新的起點。

禮奈漸漸走遠。

在那纖瘦的背影上，灑落了一片月光。

終章

『這樣啊。那以後還是會跟禮奈往來嘍。』

我說完跟禮奈之間的事情之後，彩華便在電話的另一頭沉重地嘆了一口氣。

跟禮奈談過的隔天。

下課之後踏上歸途的我，接到彩華打來的電話。就在一如往常的閒聊告一段落的時間點，我跟她說了昨天的事。

我刻意沒有說出彩華成了原因之一。畢竟有錯的人是我，要是彩華對於一件已經結束的事情感到自責，我也會很傷腦筋。

而且彩華在跟我一起去溫泉旅行時，關於禮奈劈腿的事情她也說過「那是不是我害的」這種話。

我只跟她說因為我太過淺慮而讓禮奈覺得很痛苦，才會造成她跟別人牽手。但說不定光是整件事情的這一部分，彩華就有所察覺了。

彩華在電話的另一端沉默了一段時間之後，用「欸」叫了我一聲。

『有一件事我無法理解。你為什麼要跟我說這件事呢？』

「哪有為什麼。」

『當我知道你之前跟禮奈見面的時候啊，我就有預感要是你得知了什麼關於禮奈的事情的真相時，應該會跟我說吧。』

彩華嘆了一口氣之後，繼續說下去：

『所以我才會說，關於這件事我是個局外人。這也是為了不讓你像現在這樣顧慮我。』

……看來，彩華果然是察覺了。

她知道我跟禮奈分手的原因當中，有自己存在。

也知道我會隱瞞著這點，跟她說這整件事情。

「抱歉。妳發現啦？」

『你好歹也再多學著要怎麼擺出撲克臉吧。』

「太可怕了吧，妳是能看見我的表情喔。」

『我的意思是光聽聲音就能想像得到了。』

「呃，這樣更可怕好嗎？」

我不禁將智慧型手機拿遠了一些，這時就聽見一點彩華的笑聲。

當我再次將手機貼回耳邊時，彩華說了：

『說不定我們是不太能跟別人坦言的關係呢。』

「才沒有這種事。我倒是想正大光明地坦言。」

聽彩華這麼說，我立刻做出反駁

從高中開始就一直期盼著不被任何人所束縛的自由的環境。經歷了那麼多事情之後，好不容易才得以置身其中。

『要正大光明是沒關係。但這跟直接對他人坦言是兩回事吧。實際上你在跟我一起去溫泉旅行的時候，不也阻止我貼文到社群上了。那就是在顧慮他人的想法啊。』

我不禁語塞。那正是因為不想讓他人感到不快，才會產生的想法。

這個想法也證明了我下意識覺得還是不要跟其他人說比較好。

『實際上也因為說了我們的事情，讓禮奈覺得很痛苦吧。』

「——那是我不對。是我……」

『我不會因為跟你在一起而道歉。何況禮奈才是最討厭因為這件事而被道歉的人吧。』

我能理解彩華的主張。

禮奈因為覺得身為女朋友的自己比不上彩華而苦惱。要是彩華向她道歉，就等同於承認了這件事情。

『但關於妄下定論是她劈腿，還說三道四的這點，總有一天倒是得向她道歉才是呢。』

彩華這麼說著，稍稍嘆了一口氣。

——突然間，我回想起昨天跟她道別時的事。

浮現在我眼中的是彩華感覺有些寂寞的表情。

那或許是我的錯覺。

也可能是我過度的妄想。

但既然有這個可能性，即使只有一句話也好，我也必須明確地說出來。

「等一下。妳讓我說句話。」

『咦？』

「無論在任何事情當中，彩華都不是局外人。」

昨天彩華說自己是局外人，但當我分手後意志消沉時，她還是成為我的精神支柱。

對我來說，美濃彩華絕對不是用局外人一個詞就能道盡的存在。

彩華之前偶爾會說「長大成人之後也請多指教嘍」。

這或許是因為她知道總有一天會迎來這種時候。所以，我將話說得更加明確。

「無論從過去到現在，還是未來。」

——陷入了幾秒鐘的沉默。

『……什麼嘛，這是在對我告白嗎？』

「妳別開玩笑了。」

『啊哈哈，抱歉。』

彩華笑著道歉。

『也是呢。以後搞不好就會變成孽緣了。』

「已經是孽緣了吧。」

彩華聽完又笑了出來，這讓我的嘴角也跟著上揚。

「那就先這樣啦。」

『嗯，拜拜。』

從高中說到現在的，一如往常的招呼。

正因一如往常，這樣的互動才更令我安心。

我在心中強烈地期許著以後跟彩華之間的關係，也能不會改變地持續下去。

◇◆彩華side◇◆

掛上電話之後，我嘆了一口氣。

手機螢幕上顯示著「羽瀨川悠太」的聊天畫面。跟那傢伙通話的時間大概是二十分鐘左右。

這短短的時間內，他讓我想了很多。

——其實從情人節派對那時開始，我就有所察覺了。

在那個場合遇見禮奈時，她看著我的眼神中稍微帶了一點憎恨的色彩。

當時之所以沒有完全展現出來，單純只是禮奈不想跟我說話而已。她不想在那傢伙面前展現出情緒化的一面吧。

這讓我發現了。我跟那傢伙的關係，原來是一種扭曲。

但無論別人會怎麼想，這對我來說，都是好不容易才找到的歸宿。

我也想正大光明地說出來。要是承認這是一段不能對人說的關係，會讓我感到悲傷。

就跟禮奈一樣。我也是因為很想確認跟那傢伙之間究竟是什麼樣的關係，才會約他去溫泉旅行。

那次讓我知道他真的很看重我，而且他自己並沒有將跟我之間的關係拉出一條界線。

如果禮奈劈腿的理由一如我的預測，那麼，那傢伙在得知這件事的當下，或許就不會再向別人說起跟我之間的關係。

更遑論在社群網站上貼文這種說不定還會讓人感到不快的舉動。

一想到往後他可能會拚命隱瞞跟我之間的關係，我就想要得到一個跟那傢伙一起去溫泉旅行的證據。

所以當我從溫泉旅行回來之後，才會在社群網站上貼出那張有拍到鑰匙圈的照片。

——就連我也越來越覺得自己真是做了一件蠢事。

那傢伙若是想隱瞞我的存在，就只會是為了我著想。

結果從今天的對話中得知那傢伙並沒有打算要隱瞞我的存在，這更讓我深切地感受到自己的覺悟還不足。

跟那傢伙說自己是局外人並劃清界線，結果下一個瞬間我就後悔了。

其實就算只是講講而已，我也不想說出自己是那傢伙的局外人這種話。

所以今天這通電話聽他說了關於禮奈的事情，也讓我放心下來，而且聽到他明確地說出「彩華不是局外人」這句話，也真的讓我很開心。

我回想起剛才的對話。

那傢伙說了。

無論從過去到現在，還是未來。

……簡直就像是告白嘛。

「——我也不是在開玩笑啊。」

我脫口而出了這句話。

這時忽然間猛地刮起的一陣風，吹落了櫻花的花瓣。

後記

各位讀者好久不見。我是御宮ゆう。

非常感謝大家購買了這本書。

這部作品也總算出到第三集了。

決定要做成書籍出版的時候，就有想過希望第二集的封面插圖是彩華，而第三集的封面插圖是禮奈，現在得以成真，令我感慨萬千。

第二集的銷售狀況似乎比較好，也得以再版。真的非常感謝各位讀者的支持。

我一邊期許著第三集也能讓大家看得開心，一邊寫下這篇後記。

那麼，請問各位有看過哪個人是受到所有人喜愛的嗎？我大概是沒有看過。

就算對自己來說是最合拍的人，在別人的眼中看起來或許是敵人……這種事很常見吧。

我覺得像是彩華之於悠太，以及那月之於禮奈也是這樣的存在。

第三集多是禮奈跟悠太之間的故事，但同時也有在各個地方寫下禮奈跟那月的關係。

每一位登場人物都有各自生活至今的軌跡，我也準備了各自的故事，希望能有寫出來的機會呢。

如果可以出第四集，我也想繼續深入女主角們還沒被提及的那些故事。

接下來是謝辭。

K責編，謝謝你讓我在第三集也得以自在地寫下去。每次我突如其來跟您聯絡時，總是會立刻做出回覆，給予我在創作過程中非常重要的安心感。以後也請多多指教。

負責插畫的えーる老師。第三集的插圖也都超棒的。為什麼老師總是可以畫出這麼美麗的插圖呢？我跟K責編看到這次的封面插圖時，都做出勝利手勢了。最期待えーる老師畫的插圖的人肯定就是我了。我也很想問問各位讀者最喜歡的插圖前三名分別是哪幾張圖呢。

還有校閱的負責人。接續著第一集跟第二集，這次也感謝您的關照。實在是太過受到關照，我都抬不起頭來了！

最後是各位讀者。就像先前提及的，第二集得到了不錯的回響。在某病毒的肆虐下，還能得到這樣的回響，想必各位讀者的口耳相傳也占了很大的要因。

以感想文為首，還有拍攝影片介紹，以及在推特發表感想貼文。應該還有直接向親朋好友推薦的例子吧。

這本第三集得以出版也是多虧了各位的支持……為了讓第四集也能發行，希望大家可以繼續向更多人推薦！

這次也有在特定的店家準備了數量有限的贈品，有興趣的讀者也請參考看看。（註：此指日本發售當時的狀況）

那麼，就先在此道別了。

各位覺得第三次的後記如何呢？

在作者自己看來可說是滿分（評分基準超寬鬆）。

御宮ゆう

國家圖書館出版品預行編目資料

小惡魔學妹纏上了被女友劈腿的我/御宮ゆう作 ;
黛西譯. -- 初版. -- 臺北市 : 臺灣角川股份有限公司
, 2022.01-
冊 ; 公分. -- (Kadokawa fantastic novels)
譯自 : カノジョに浮気されていた俺が、小悪魔な
後輩に懐かれています
ISBN 978-626-321-116-2(第3冊 : 平裝)

861.57 110019019

Kadokawa
Fantastic
Novels

小惡魔學妹纏上了被女友劈腿的我 3

（原著名：カノジョに浮気されていた俺が、小悪魔な後輩に懐かれています3）

2022年1月13日 初版第1刷發行
2023年6月30日 初版第3刷發行

作　者：御宮ゆう
插　畫：えーる
譯　者：黛西

發行人：岩崎剛人
總編輯：蔡佩芬
副主編：楊鎮遠
美術設計：黃永漢
印　務：李明修（主任）、張加恩（主任）、張凱棋

發行所：台灣角川股份有限公司
地　址：104台北市中山區松江路223號3樓
電　話：（02）2515-3000
傳　真：（02）2515-0033
網　址：www.kadokawa.com.tw
劃撥帳戶：台灣角川股份有限公司
劃撥帳號：19487412
法律顧問：有澤法律事務所
製　版：巨茂科技印刷有限公司
ISBN：978-626-321-116-2